LA CHAMBRE DE LA STELLA

DU MÊME AUTEUR

LE CONTRAIRE DU COTON, *roman*, Grasset, 1993.
LES SPAGNETTIS D'HITLER, *roman*, Grasset, 1994.
GROS CHAGRIN, *roman*, Grasset, 1996.
THÉODORE DISPARAÎT, *roman*, Grasset, 1998.
L'ART EST DIFFICILE, Julliard, 2004.

JEAN-BAPTISTE HARANG

LA CHAMBRE DE LA STELLA

roman

BERNARD GRASSET
PARIS

Pour Gwenaëlle, Etienne et Emile

S'imaginer que les menus détails sur sa propre vie valent la peine d'être fixés, c'est donner la preuve d'une bien mesquine vanité.

RENAN,
Souvenirs d'enfance.

Ce premier chapitre ne fait pas partie du livre. Les mots étaient déjà là, à cette place exacte sur la pile des pages blanches. Le papier libre n'existe pas, il est occupé, sous le joug d'une armée de fourmis noires, indomptables, increvables, elles roulent sous le talon comme de la grenaille, elles percent la page et reviennent s'y vautrer et vous dénoncent.

C'est de la mémoire morte, du vent monté du centre de la terre, et ses rejets de cendre. De lourdes cicatrices de douleurs anciennes. Ce ne sont pas des fourmis noires, de la mémoire morte, non, ce sont des fourmis rouges, de la mémoire vive, elles grouillent sur mes mains depuis le soir où mon père a dépendu le mort, le suicidé de l'avenue. Cela aussi, je voudrais l'effacer.

Lorsque Monsieur Roussin s'est pendu, je ne sais même pas si j'étais là, je mélange tout, je confonds ce que j'ai vu, ce que j'en sais, ce qu'on m'en a dit, les mensonges que l'on me fit puisque les enfants ne doivent pas savoir que les grandes personnes se pendent dans leur salle de bain, au piton du séchoir, le nœud coulant du ceinturon de leur peignoir autour du cou, le cou cassé, le menton posé sur le bréchet, un tabouret renversé à leurs pieds, ou bien qu'on a sauté du rebord de la baignoire, des mules aux pieds, tombées aux premiers soubresauts. On n'a pas parlé de testament, de ces lettres sacrées qui viennent délier les mystères d'une vie, emplir les blancs du film, distribuer des pardons immérités ou des accusations dont les survivants ne peuvent se venger mais qu'ils doivent supporter comme s'ils avaient eux-mêmes tendu la corde du pendu. Pas un mot, rien, ni adieu, ni au revoir, pas la moindre pensée écrite pour sa fille unique et soudaine orpheline, Maud. Difficile de laisser des consignes de vie très pertinentes si l'on va ou si l'on vient de se pendre.

A défaut d'un texte de circonstance, on découvrit dans les papiers des Roussin certains documents qui éclairent d'un jour que j'ignore mais que je m'obstine à imaginer glauque le passé de l'épouse, depuis longtemps disparue. Des coupures de presse publiées sous l'occupant, une photo de femme trop belle, arrogante, les poings serrés, assise sur le trottoir de l'avenue, côté soleil, le nôtre, vêtue d'une simple blouse, pendant qu'on lui tondait les cheveux. Leur fille Maud était plus âgée que nous à la mort de son père, on a dit dans l'immeuble, et c'était une sorte de fierté vicinale, qu'elle n'avait pas pleuré, on l'admira quelques jours de ce courage avant de décréter la honte de cette sans-cœur qui voyait partir ses parents sans chagrin. Faudrait savoir. Elle devait même être notre aînée de beaucoup, car je ne me souviens pas qu'elle ait été incapable de vivre seule dans la continuité des jours, dans l'appartement de ses parents dès le lendemain de l'enterrement (je ne crois pas que quelqu'un de la famille se soit rendu à ces obsèques). Maud eut très vite un fiancé que nous n'aimions pas, un certain Robert Mandrin qui faisait son service militaire en Allemagne et qui l'épousa dès sa libération. Il ne fumait pas et nous rapportait sa ration de cigarettes, des Troupes (c'étaient encore des Troupes, des vraies, des kaki, des Gauloises déclassées), que faute d'autorisation ou d'espièglerie nous ne fumions pas non plus et que nous cédions à d'autres contre de petits sous. Un jour il nous offrit un modèle réduit de Mercedes 300, décapotable, à pile, extérieur crème, intérieur rouge, dont on pouvait actionner la direction, soit du volant même du véhicule, soit d'un autre volant à l'identique, situé sur un boîtier au bout d'un câble, les télécommandes n'existaient pas encore, à moins qu'elles ne fussent pas dans ses prix. C'était un beau cadeau, nous le détestâmes comme tout ce qui venait de lui. Maud était devenue très belle, la bouche immense, sa beauté ne la consolait de rien, je pense qu'ils furent malheureux ainsi qu'ils avaient commencé, n'eurent qu'une seule enfant, brune. Ils ne déménagèrent pas. Divorcèrent plutôt. Maud aussi finira par se pendre.

J'ignorais alors ces choses, les ai comprises plus tard : une frontière sociale passait entre les Roussin et nous, ils étaient propriétaires, nous étions locataires, ils habitaient sur l'avenue, nous habitions sur cour, ils vivaient sans travailler, mon père rentrait exténué chaque jour après douze heures d'absence, les nerfs en boule. Même pour dépendre son père quand elle n'avait pas dix-huit ans, Maud Roussin avait dû souffrir d'avoir besoin d'un voisin de palier, pourtant voisin intime, il l'avait vue naître, vu mourir un à un ses parents. Mon père à ses yeux n'était pas le héros dépendeur que nous savions, mais celui qui avait fait d'elle une obligée, on sent cela lorsqu'on a été élevée dans l'illusion des choses dues. Monsieur Roussin ne s'est pas pendu dans sa salle de bain, je me trompe, mais dans un petit cagibi qui la jouxte au fond à droite, un cagibi sans fenêtre qu'on appelait peut-être avant l'événement une penderie et qui figurerait aujourd'hui sur un plan à la rubrique dressing, c'est en cherchant l'interrupteur que mon père a senti sur sa main ce cintre trop lourd, ce corps ballant dans l'obscurité, l'inertie d'un poids mort au bout d'une corde, qu'il avait fallu de nouveau soupeser pour le croire, serrer le bas de ce peignoir dans sa main pour vérifier qu'il était habité d'un mort en chair et en os, morts eux aussi, pas comme les autres cintres habillés de sombres effets et d'âmes grises.

Dans ce cagibi, plus tard on retrouva démontée une superbe armoire normande, sculptée, énorme, noire, aux ferrures de laiton terni, Maud ne la voulait plus, bien qu'en pièces détachées, le meuble avait partagé un ergastule avec son père fraîchement défunt, elle la céda au mien, ne lui donna pas, non, lui vendit pour un prix dérisoire, une sorte de remerciement pour service rendu naguère dans cet exact lieu exigu (la transaction se fit lors du déménagement de notre famille pour la rue Denis-Poisson), remerciement gâché par une somme modique qui trahissait plus de timidité que de mesquinerie. Mon père en fut contrarié, ce n'était pas un cadeau, ni même une bonne affaire, juste le témoin encombrant d'un mauvais souvenir gâté par la culpabilité de n'en avoir pas payé le prix. On la remonta pour dix années de plus à deux cents mètres de là, puis elle suivit mes parents à la retraite. Elle en enterrera d'autres.

On n'apprend pas à dépendre les morts. Je ne l'ai jamais fait et j'imagine que mon père en fut embarrassé, non que monsieur Roussin fût lourd (je me souviens peu de son visage, il était fluet et fragile et volontaire comme le furent dit-on les Pitoëff, Philippe Clay était plus osseux). Il faut les prendre dans ses bras, je suppose, pour donner du mou à la corde et la défaire de son crochet, s'il est ouvert. Il vaut mieux être deux. Mon père était seul. Ou couper le cordon, avec quoi ? Un couteau, des ciseaux, une scie, une hache, il faut en avoir, et une main de libre. Et l'on fait aujourd'hui des cordes de pendu pas si faciles que ça. Le corps tombe d'un coup. Est-il mou, ou raidi ? Il faut le rattraper, on est là dans le noir, le nez mouché entre les autres cintres et leurs effets mités, leurs asphyxies de naphtaline, on n'est pas là pour rire, l'envie en manque, ni pour pleurer, mais pour faire son devoir de voisin, d'homme adulte qu'on n'avait pas vraiment prévenu lorsque des quarante ans plus tôt il avait emménagé. Les bras du défunt ne vous aident pas, ils s'accrochent dans les étoffes, se cognent aux chambranles, on a du mal à accepter que la tête ballante se repose sur votre épaule, on s'y résigne en se retenant de respirer. Transporter ce corps debout dans un étroit couloir, hissé haut pour que les pieds ne frôlent pas le parquet, le jeter sur un lit, d'un coup, d'un coup maladroit, puis remonter les jambes qui pendent dans la ruelle, chercher du regard un plaid. Appeler. Ou appeler d'abord pour ne pas être seul. On aime rarement rester seul avec un mort, surtout un mort que l'on connaît et avec qui déjà on ne restait pas volontiers seul de son vivant. Mon père avait cinquante-six ans cette année-là, il paraissait plus jeune, il a toujours paru plus jeune, lorsqu'il est mort de vieillesse, personne ne voulut nous croire. Monsieur

Roussin avait une fille unique de quinze ou vingt ans, il avait eu un fils, unique lui aussi, d'un précédent mariage, décédé à trente ans, avant la naissance de Maud, ça ne dit pas son âge mais en donne une idée, dans les soixante et dix, tous deux, mon père et le père Roussin étaient voisins de palier depuis longtemps, en âge de se lier d'amitié, tout dit qu'ils ne le firent pas, et pourtant il y eut cette danse ultime, mimée, silencieuse, le pas d'un homme mûr dans un couloir obscur, dans ses bras le corps d'un autre soulevé, enlevé, léger et lourd tout à la fois, une danse macabre, une danse pourtant, aux morts au moins on ne marche pas sur les pieds, il le porte tout entier, tourne les coins des portes et le dépose comme une aimée, saoul de valse lente, sur un lit fait, une demoiselle d'honneur dans leurs pas alentis, Maud effrayée, un cri muet sur sa bouche ouverte, les mains blanches et maigres portées à son visage. Et puis tout est fini, un médecin, un parent, quelqu'un qui a sa place dans cette scène de genre, arrive, trouve un ton de circonstance et efface tout ce qui vient d'arriver dans les marges de la conscience, il signe un certificat de décès comme on signe un arrêt de mort. Il lance le temps apaisé, bientôt apaisé du deuil.

Mon père a fait cela, tous ces gestes un à un, n'en a jamais parlé, il a senti sur sa joue le visage froid et gris de ce père pendu, de cet homme dont chacun prédisait à rebours qu'on pouvait s'y attendre. Lui ne s'y attendait pas, il ne connaissait sans doute pas grand-chose de la mort, lui qui ne comprit rien à sa vie, mais il a fait ces gestes un à un, remonté le plaid sur les jambes du mort, tourné la tête, quelqu'un arrivait, il n'était plus seul, il donna les noms, la clé, dit qu'en cas de besoin il habitait là sur le même palier, il passa le relais aux professionnels. Il n'a pas pris Maud dans ses bras, pas plus qu'il ne prit jamais l'un ou l'autre de ses enfants, qu'il aimait pourtant, probablement, ne leur a jamais dit, leurs regards croisés, le regard de Maud dévasté, brûlant, et le regard d'un homme calme et écarquillé sur cette enfant qui avait oublié les yeux de sa propre mère quand ceux de son père venaient de s'éteindre à jamais, il a regardé Maud avec effroi, avec l'impuissance et la compassion muette de celui qui ne sait pas aimer et qui aime pourtant. Longtemps après, elle lui offrit une armoire, sans oser refuser un peu d'argent. A la mort de ma mère, l'un d'entre nous héritera de l'armoire normande, peut-être nous battrons-nous pour l'avoir. Ou pour ne pas l'avoir. C'est un cercueil.

Un jour mon père a dépendu un homme qui ne lui était rien, mon père n'a connu que des hommes qui n'étaient pas son père, on lui en trouva un, de père, lorsqu'il avait dix ou douze ans, on changea son nom, et même son prénom pour le défaire de son passé, il s'appelait Raymond Quisserne et devint tout à trac Roger Harang, il nous a donné ce nom d'emprunt sans nous dire jamais qu'il n'était pas le sien. Un soir, il a couché sur un lit fait le cadavre d'un homme, un voisin qu'il venait de dépendre, il n'était pas son père, il le portait contre lui comme un noyé évanoui. Je ne veux pas que cette histoire où l'on décroche des pendus figure où que ce soit. Elle reste malgré moi, elle visite chaque page de ce que je vais dire maintenant.

1

LA MAISON DE DUN

J'ai toujours connu la maison de Dun, et, aujourd'hui que mon père est mort, j'en suis devenu copropriétaire en indivision avec ma sœur Noëlle et ne la fréquente plus guère. J'y ai passé un mois de chaque été de mon enfance, des vacances de Noël cryoscopiques et une année scolaire entière partagée entre le cours préparatoire et le cours élémentaire première année. Lorsque j'eus neuf ans, mes parents me mirent en pension pour ma « septième » (cours moyen deuxième année) dans un chef-lieu de canton voisin d'où je revenais chaque fin de semaine pour cette maison de Dun où mon vieux cousin Arthur avait mal remplacé mon grand-père. Arthur y a laissé des souvenirs contrariés, bons et mauvais, et un nom ineffaçable : une pièce du premier étage porte à jamais le titre de « chambre d'Arthur ».

La maison de Dun a huit pièces : la gare, le bureau, la salle à manger, la cuisine et, au premier, la chambre d'Arthur, la chambre de la Stella, la chambre des grands-parents et la chambre de ma grand-mère. Ce sont là des appellations officielles et communes à toute ma famille, même si chacune d'elles ne correspond pas au même moment de l'occupation des sols. La gare reste la gare mais n'en a plus la fonction depuis des lustres, le bureau n'a jamais contenu la moindre écritoire, il servait de chambre d'été à mes grands-parents, il est aujourd'hui un salon peu fréquenté. La salle à manger n'a pas été débaptisée mais elle est devenue la chambre de ma mère. La cuisine a été réduite pour laisser place à une courte et borgne salle de bain. La chambre d'Arthur ne servait pas avant Arthur, persiennes fermées, lit de fer et pile de journaux invendus. Arthur est mort. La chambre de la Stella doit son nom à une

Stella, probable lointaine cousine dont j'ignore tout. La chambre des grands-parents n'a pas bougé et celle de ma grand-mère était en fait celle de mon père lorsqu'il était jeune homme, ce qu'il resta toute sa vie malgré un mariage tardif et heureux, quatre enfants dont je suis le cadet.

La maison possède une cave et un grenier, elle est construite le long de la route de Naillat, à Dunet, s'ouvre par l'arrière sur un perron. Elle est mitoyenne par un pignon, l'autre, aveugle, aveuglé par une vigne vierge mais profuse, borde une cour en contrebas qui dessert un garage en bois, un hangar et un jardin dit « le jardin neuf », acheté plus tardivement, par opposition au « vieux jardin » derrière le garage où l'on ne pouvait accéder qu'en traversant le hangar ou le poulailler.

Mon père offrit cette maison à ses parents dans les années où une seconde guerre mondiale se préparait à faire mieux que la première, il avait hésité entre deux, l'autre, plus près du centre du bourg, lui parut trop prétentieuse, il la regretta. Il avait choisi Dun-le-Palestel (qui s'appelait encore Dun-le-Palleteau) pour la proximité de Sagnat où il était né, où sa mère fut fille de ferme, et par deux fois fille mère. Où il est enterré. L'étage ne comportait alors que deux pièces et fut bien vite agrandi afin d'y accueillir des locataires. Plus tard, après que mon grand-père eut repris la gare de Dun, la maison retrouva son unité. Dans les années soixante et dix, nous entreprîmes, ma sœur, mon jeune frère et moi, de repeindre le rez-de-chaussée. En fouillant dans le vieux secrétaire du bureau, avant de le couvrir d'un drap pour le protéger des coulures, nous avons mis la main sur le livret militaire de mon grand-père et découvert un secret. Nous avons remis le livret dans le secrétaire, et lorsqu'on le referma je vis devant mes yeux sans larmes une armoire normande, de chêne sombre, aux ferrures de laiton, et l'ombre d'un homme en reflet, les bras chargés d'un autre homme plus âgé, maigre et long, sans poids, dépendu de frais, étrangers l'un à l'autre, enlacés de hasard et d'humanité.

2

LA GARE

Dun connut une gare avec des trains, des quais, et des aiguillages à main dont on basculait le contrepoids de fonte à la stridence d'une sonnerie. Avenue de la Gare, café de la Gare. Dun était un bourg desservi. Puis les trains de voyageurs y passèrent sans s'arrêter, n'y passèrent plus. Bientôt les convois de marchandises se mirent à l'éviter, on démonta les rails vendus au prix du fer, et l'on céda le bâtiment à la mairie qui le loua aux 100 000 Chemises. J'y vis des ouvrières en brigade penchées sur des machines à coudre sous l'enseigne sculptée, délavée, du bâtiment ferroviaire « Dun-le-Palleteau », et lorsque l'atelier ferma j'ai pensé que les cent mille chemises étaient faites, repassées, pliées sur du carton gris, glissées dans du papier cristal, des épingles sous le col, et qu'on n'en ferait pas une de plus, que nous étions prévenus.

Mon grand-père, Maurice Harang, fut nommé chef de gare de ce chef-lieu de canton qui n'en possédait plus, de gare. C'est du moins ce que je croyais (je croyais bien qu'il était mon grand-père), il n'était que « correspondant SNCF ». Il avait été compagnon d'André Citroën avant la Grande Guerre, du temps où celui-ci inventait dans un petit atelier de Levallois les engrenages à chevrons qui restent le signe de sa marque. Lorsqu'il devint l'industriel que l'on sait, il resta fidèle à ses premiers ouvriers et leur assura, quelles que fussent leurs compétences, un avenir choyé. Mon grand-père n'en profita pas, il préféra entrer aux chemins de fer, comme chauffeur, à la Compagnie d'Orléans qui poussait ses convois jusqu'à Bordeaux, dans l'espérance d'un emploi garanti qu'il ne put très longtemps assurer. A moins que ce ne fût à la Compagnie du Centre, qui justement desservait la Creuse. Je ne revois jamais Carette approvisionner la *Lison* de Gabin, dans *La Bête humaine*, sans penser à lui, à ses bleus de chauffe lustrés, luisants jusqu'à la trame, la casquette levée pour s'essuyer du poing le haut du crâne. Il était revenu du front, régiment de dragons, chanceux de rentrer mais gazé comme beaucoup, et dut bientôt renoncer aux vapeurs locomotives. Il se retira à Dun-le-Palleteau, près de Sagnat où était né ce fils qui n'était pas le sien et qui lui avait offert une maison. Maurice Harang fit imprimer des cartes de visite où l'on pouvait lire qu'il était mécanicien et chauffeur de taxi, il devint garde champêtre et se vit proposer, lorsqu'on supprima la gare, d'en prendre la charge. Il s'agissait tout bonnement d'installer la gare chez lui.

Pour garnir le garde-manger de la maison de Dunet, mes grands-parents avaient coupé la maison en deux par le milieu et loué le haut à de plus pauvres qu'eux. Les locataires ayant trouvé mieux, on installa la gare dans la pièce sur la rue, sous la chambre d'Arthur (nommée alors d'un autre nom que j'ignore). L'escalier qui y conduit fut désaffecté faute de locataires, la compagnie vissa sur la façade de la maison une plaque émaillée qui disait que logeait là un « correspondant SNCF », les lettres du sigle enchevêtrées dans une audace graphique d'époque ne laissant que la place à une abréviation improvisée du mot « correspondant » en « Corres » avec un petit « t » en exposant. On dota cette gare subalterne d'un bureau de bois blanc à deux tiroirs, l'un équipé d'une poignée en coque d'aluminium contenait toutes sortes d'étiquettes (« urgent », « fragile », « animaux vivants »...), l'autre fermant à clé serrait des carnets à souches et des crayons affûtés. Un comptoir robuste à portes coulissantes où se tenaient des réserves plus importantes d'étiquettes dont certaines étaient en botte, vaguement cartonnées, beiges avec un œillet orange et chacune son petit fil de fer pour les accrocher, tressées en un fagot qu'on avait bien du mal à démêler, et un seau de colle blanche, glauque et odorante où plongeait un pinceau attendant son heure. Une bascule romaine où nous nous pesions sans cesse. Une affiche renouvelable mais rarement renouvelée des horaires des trains en partance de La Souterraine ou de Saint-

Sébastien, pour Limoges ou Châteauroux, voire Paris. La dotation comprenait également deux poulains de tailles différentes pour charrier les barriques, un diable et une charrette à bras qui restaient dans la cour.

Avant même que notre gare à domicile fût opérationnelle, du temps où les trains de marchandises s'arrêtaient à Dun, mon grand-père se rendait à la vraie gare et chargeait sur sa C6 les colis à distribuer dans le canton. Une vieille berline Citroën qu'il avait coupée par le milieu pour la transformer en plateau. Quand les colis n'arrivèrent plus qu'en camion de Limoges (un vieil Hotchkiss de la compagnie Jean Ollé, suppléé lors de ses fréquentes pannes par un Berliet crème de chez Bernis), la C6 se mettait à cul du camion devant la maison pour le transfert des charges. Les petits colis destinés au bourg étaient livrés en charrette à bras. Les transporteurs passaient le lundi et le jeudi. Le lundi le camion desservait également Lafat, où s'arrêtait naguère comme à Dun la ligne Saint-Sébastien-Guéret, Lafat, commune inconsolable et dépourvue du moindre correspondant SNCF.

Chaque semaine nous déposions chez Malinvaud les bobines du grand film serrées chacune dans une boîte ronde de métal et empilées dans un sac de toile verte très rêche qu'il fallait empoigner à deux mains et dont le fond était consolidé d'un socle de bois. Malinvaud, qui tenait également un magasin de photo, nous rapportait lui-même les bobines de la semaine précédente dans sa deux-chevaux fourgonnette dont les freins rouillés couinaient comme un vieux train. La tournée chaque fois différente avait ses passages obligés, de la quincaille chez Charpagne, chez Miette où l'on servait de l'essence Azur, des pièces d'électroménager chez Delor, des colis mystérieux pour les trois F (« Fleurs, Fantaisies, Funérailles », la boutique porte encore ce nom) que nous appelions alors du nom de son propriétaire, chez Leyraud, des boules de gomme chez Siauve (le pâté de maisons a été rasé au profit du parking de la poste), des remèdes sans urgence pour les pharmaciens, Goguet qui chantait à la chorale, Genevoix qui faisait et défaisait, disait-on, les conseils municipaux, et Dessagnes, des conserves chez Baraille,

Betoux ou Cuisinaud, des chaussures chez Jeanrot, des roulements à billes chez Barret dont le magasin de vélos faisait rêver près du cimetière, de la confection chez Dubreuil, et des pièces auto pour Constantin, Poulteau, Junjaud ou Roulette... A six ans je connaissais tous les commerçants de Dun et aujourd'hui que les rideaux de fer rouillent sur les vitrines fermées je les sais par cœur. L'après-midi, nous autres les enfants reprenions la tournée pour faire signer les bordereaux roses, illisibles sous la médiocrité du carbone, et ramasser de maigres pourboires, réduits parfois (un régal) à une rondelle de saucisson à l'ail servie avec emphase par la mère Déluchat. Il était très important pour moi de bien connaître le nom des commerçants, car, souvent envoyé faire de petites courses, il ne fallait pas se tromper, chacun de mes grands-parents avait ses habitudes, sauf pour le pain qu'on prenait devant la porte au passage de Bardon, le boulanger de Chabanes, on y traçait une croix au couteau avant de l'entamer et ne le posait sur la table qu'à l'endroit, dans la position où il avait cuit, de peur de voir le diable entrer dans la maison. Ma grand-mère n'acceptait que de la viande de chez Augaudie, mon grand-père se servait chez Baraille, on achetait l'épicerie chez Bersoux pour elle, chez Poirier pour lui (les légumes venaient du jardin), le vin de Caillat contre celui d'Audonnet. Elle ne tolérait que le beurre de baratte moulé de chez Audoucet, la ferme voisine, dans des formes de bois, ovales et sculptées d'une fleur sur le dessus, lui exigeait du beurre de boutique emballé d'aluminium ou de papier sulfurisé. On assistait à des trafics diplomatiques, on changeait le jarret ou l'onglet d'emballage afin d'en tromper l'origine, au risque parfois atteint de se le jeter à la figure. Chacun avait ses idées et son pharmacien.

Pour les expéditions de colis la clientèle venait jusqu'à la maison, entrait par la rue en montant deux marches de granit directement dans la gare qu'une mince porte voilée séparait mal de la cuisine et de ses odeurs de blanquette de veau, de pigeon rôti ou de chou farci. La maison Chavegran fabriquait des fromages et les envoyait à ses clients par paquets de vingt, colonnes de faux camemberts empilés dans des clayettes de bois blanc, faux pont-l'évêque estampillés « carrés d'Auzance », qui dans la gare attendaient en mûrissant le prochain camion, odeur de lait et de colle blanche, étiquettes « denrées périssables » liserées de rouge et posées par nos soins. Un client du Puybrevier ou de La Celle-Dunoise expédiait chaque semaine des caisses plates pleines de souris blanches qui grouillaient sous le grillage en partance pour des laboratoires expérimentaux. Nous passions les doigts dans les mailles du grillage dans l'espoir de les caresser et la crainte de se faire mordre. Dans la catégorie « animaux vivants » (des silhouettes de lapin, de poule et de veau égayaient l'étiquette bleue), nous hébergions dans des cartons de cent, troués pour qu'ils respirent, des poussins d'un jour que certains ne dépasseraient pas.

A côté des meubles dont la compagnie avait doté notre gare, près de la cheminée, se trouvait un petit buffet de famille, presque entièrement occupé par une bouteille de butane alimentant un réchaud posé sur le dessus que je n'ai jamais vu brûler, seul son tiroir supérieur participait à notre activité ferroviaire : on y rangeait les billets pour voyageurs, délivrés avec parcimonie, vu la rareté de cette clientèle qui préférait se rendre en car à une vraie gare ou rester chez elle.

La mort de mon grand-père laissa dans la maison de Dun une veuve de quinze ans son aînée. Enfant, je n'eus jamais l'intuition d'une telle différence d'âge, d'autant qu'à sept ans j'imaginais qu'on mourait dans l'ordre. Ma grand-mère, malgré son mauvais caractère, ne pouvait guère rester seule, à près de quatre-vingt-dix ans, et encore moins livrer les colis. On fit venir le cousin Arthur, ancien chauffeur de maître retiré aux Genettes, commune de Sagnat, à une lieue de là où il élevait des moutons. On lui confia l'aïeule, la gare et la chambre qui porte désormais son nom. Lorsque mon père parlait à Arthur de mon grand-père, il l'appelait Maurice. Il me faudra quelques décennies pour comprendre pourquoi il ne disait pas papa.

3

L'ÉCOLE DE DUN

Mon frère aîné, Paul, fit son cours préparatoire à Dun, je ne sais plus pour quelles raisons familiales on l'envoya si loin de Paris où vivait notre famille, sur le palier que l'on sait, où se pendit un homme maigre, dans un appartement qui ne souffrait pas encore d'exiguïté puisque mes frère et sœur puînés attendaient patiemment de naître. Lorsque vint mon tour d'apprendre à lire et à écrire, on m'expédia également faire mon apprentissage auprès de mes grands-parents dans cette Creuse profonde et lettrée, pour une raison que je ne discutai pas : mon frère était passé par là, et je ne valais guère mieux (j'apprendrai trois ans plus tard que j'étais pire). Je ne me souviens pas en avoir souffert.

L'école publique de Dun (l'école privée vivotait en face de l'église, tenue par les sœurs du Sauveur et de la Sainte Vierge réunis, elle accueillait encore vingt-cinq filles l'année de ma scolarité dunoise et ferma quelques rentrées plus tard), l'école publique, donc, est une caricature d'école julférienne, bâtie de chaque côté de la mairie, symétrique, à gauche les garçons, à droite les filles, sexes gravés au fronton, préaux reliant les constructions entre elles, grilles sur cours séparées par le jardin de l'hôtel de ville, ouvertes sur une esplanade. Le cours préparatoire faisait exception : côté filles, il était mixte, ainsi que la dixième puisque ces deux niveaux formaient une classe unique confiée à Mademoiselle Navarre.

Sans que cette précocité fût jamais confirmée par la suite de mes aventures, je dois avouer que c'est pour des raisons sexuelles que je sautai une classe et acquis pour le restant de ma scolarité une année d'avance. Mademoiselle Navarre menait de front deux niveaux d'enseignement dans une grande salle séparée en deux parties égales par le tuyau du poêle à bois. A sa gauche les élèves du cours préparatoire, mixte, à sa droite les garçons de dixième, dans une ségrégation stricte des sexes (les filles de dixième partageaient une classe de neuvième sans aucune mixité). Chaque niveau avait son tableau noir, son armoire et ses cartes à œillets qu'on y accrochait le moment voulu avec les départements français en Afrique du Nord, rose bonbon. Sans mésestimer l'intérêt qu'on doit à l'étude, je ne négligeais pas ma voisine, Martine Gallet, à laquelle, le plus souvent possible, je montrais sous la table mon sexe, petit et bandé, sorti par la jambe de ma culotte courte, sans qu'elle s'en offusque, sans qu'elle y prenne un réel plaisir. Ce n'était qu'un jeu qui n'amusa pas longtemps Mademoiselle Navarre. L'institutrice décida un beau jour que ces manigances avaient assez duré et m'expédia de l'autre côté du poêle où n'ânonnaient que des garçons à qui je n'aurais rien à montrer qu'ils n'eussent déjà vu. Et me voilà propulsé en cours d'année sans mérite et sans gloire dans la classe supérieure pour une cause disciplinaire dont il n'y a pas lieu de se vanter.

Mademoiselle Navarre eut l'habileté de présenter cette sanction comme une promotion puisque, disait-elle, je suivais bien. Elle en eut une autre dont je ne sus la remercier, voilà bien cinquante ans que je suis sans nouvelles d'elle. Je suis gaucher. Les consignes voulaient alors, et elles dureront, qu'on forçât les gauchers à écrire de la main droite, on disait « la bonne main », celle qu'il fallait tendre au monsieur, à la dame, pour saluer. Mademoiselle Navarre anticipa sur ce que la raison finit par imposer : elle m'autorisa à écrire de la gauche, ce qui n'était pas si facile du temps des plumes Sergent-Major, des encriers de porcelaine dans les trous à la droite des pupitres, de l'encre violette qui nous montait aux doigts comme l'eau de la Seine à la culotte d'un zouave. Je ne sais pas d'où Mademoiselle Navarre tenait cette initiative heureuse qu'elle cachait soigneusement à toute autorité (je crois me souvenir avoir été le seul gaucher de la classe, bien que ce soit statistiquement improbable).

Ma grand-mère n'était pas de cette école (elle avait plus de vingt ans à la mort de Jules Ferry et avait appris l'écriture quand l'école était encore payante, religieuse et facultative) et, lorsqu'elle découvrit que j'écrivais de la mauvaise main, elle fit scandale, traita Mademoiselle Navarre de communiste, la dénonça urbi et orbi, acheta des cahiers propres et me fit refaire chaque soir à la maison, de ma bonne main, tout le travail de l'école. Ma gaucherie n'a donc été qu'à demi contrariée, je suis aujourd'hui à la tête de deux mains pour écrire et ne sais pas taper à la machine. N'ayant pas le goût de la fréquentation des analystes, j'ignore laquelle de mes tares je dois à ce double apprentissage. Mes devoirs faits, je me rendais de l'autre côté de la rue chez Cloppet, un imprimeur aimable et sans enfants (ce que le voisinage semblait lui reprocher) dont l'atelier me fascinait, j'y passais des moments éblouis par le cliquetis des machines, le baiser des ventouses qui déplaçaient les feuilles, les mouvements imperturbables et compliqués, l'odeur de l'encre et le miracle des affiches de bal crachées avec la régularité d'un cœur. Là, dans les casses et sur le marbre, j'apprenais à lire à l'envers, comme dans un miroir.

Mon grand-père non plus n'entendait pas de cette oreille l'enseignement qu'on me servait, il penchait plutôt pour l'école buissonnière qu'il me faisait suivre assidûment. J'ai dit, je crois, qu'outre ses activités de chef de gare à domicile il était également garagiste, taxi et garde champêtre. Ces deux derniers métiers justifiaient nos évasions. Les courses de taxis étaient rares, deux ou trois par semaine, et dépassaient rarement les bornes du canton, jamais au-delà d'Éguzon. Lorsqu'elles lui permettaient de passer près de l'école aux heures de récréation, il se présentait à la grille de la cour dont, en qualité de garde champêtre, il possédait la clé, et m'enlevait subrepticement.

Au grand dam de ses clients effrayés, il m'asseyait au volant sur ses genoux et me faisait croire que je conduisais l'une de ses deux berlines, une Citroën verte C6 (la même que celle qu'il avait transformée en camionnette pour la gare) qui ne tarda pas à rendre l'âme, et une Novaquatre Renault grise à sièges de velours et malle rapportée, on pouvait séparer d'une vitre la place du chauffeur de celles des passagers à l'arrière, on ne le faisait pas, les autres glaces se remontaient à l'aide de courroies capitonnées, deux strapontins pliants formaient une rangée de sièges intermédiaire (lorsque cette auto tomba en panne et en désuétude, collée à la vigne vierge du pignon dans la cour, elle nous servit de confortable refuge où en véritables postillons nous imitions le bruit du moteur de nos lèvres vibrées). Du temps du taxi, j'aidais mon grand-père à l'arrêt en appuyant sur la bonne pédale tandis qu'il se couchait sous le châssis pour resserrer les freins à câble, et croyais si fort que je conduisais qu'un mauvais jour, attendant dans la voiture alors qu'il accompagnait une cliente jusque chez elle, m'impatientant, je décidai de rentrer seul, débloquai le frein à main et laissai glisser l'auto vers le fossé.

Mon grand-père ne savait pas jouer du tambour, ce qui est une faute professionnelle pour un garde champêtre dont le rôle le plus en vue est de déclamer sous les fenêtres les annonces publiques au nom de la municipalité. Et elles doivent être précédées et conclues d'un roulement de tambour. Cette tournée-là se faisait à bicyclette, cadre orange et poignées de bois, il chaussait son képi, son costume de drap et à chaque coin de rue mettait pied à terre sans descendre de sa monture, basculait le tambour de son dos vers son ventre et d'une voix de rocaille débitait sans les lire les avis à la population. Il n'avait su se résoudre, comme son collègue de Saint-Agnant-de-Versillat, à user d'une corne de chasse. Il avait donc inventé et fabriqué une sorte de moulin compliqué d'engrenages (une technique qui lui venait de ses années Citroën), fixé sur la caisse de résonance, dans lequel s'emmanchaient les baguettes, et, d'une seule main sur la manivelle (l'autre tenait l'avis au vent), il fourbissait des roulements de Quatorze Juillet.

Mon grand-père portait des moustaches.

Il ne croyait ni à Dieu, ni au Diable. Il aimait les animaux et détestait l'argent qui le lui rendait bien. Il touchait une retraite maigrelette, des indemnités pour la gare et ses roulements de tambour que ma grand-mère gérait dans un petit porte-monnaie noir à soufflet et fermoir. Pour le reste de ses activités, la mécanique et le taxi, sa réputation de ne pas faire payer les gens lui garantissait une clientèle fidèle et insolvable et de rituelles engueulades avec la patronne.

Mon grand-père est mort jeune mais je le croyais vieux, forcément, puisqu'il mourait, à Limoges dans un hôpital, d'un probable cancer qu'on ne nomma pas. Ma mère l'accompagna dans son agonie. Comme elle était dévote, elle prétendit qu'il dénonça sa mécréance et remit son âme à Dieu avant de tourner le coin. Je n'en sais rien. Je n'en crois rien. Je ne crois à rien.

A Dun aussi, quelqu'un s'était pendu lorsque nous étions enfants, un Russe blanc dont personne ne savait prononcer le nom. Il habitait une petite maison humide entre la route de Tarsat et la rue des Sabots, cultivait des chrysanthèmes et les vendait le jour des morts, livrés dans une Rosalie déchue que mon grand-père ravaudait sans cesse. On l'a retrouvé un matin dans sa cuisine obscure, si basse de plafond que ses pieds touchaient la terre battue. Il n'avait personne au monde, et laissa sur une chaise un mot en russe qu'on ne déchiffra que bien plus tard, coincé sous sa montre en or pour que le vent ne l'emporte pas. Cette montre, il l'offrait à qui voudrait bien le dépendre.

4

DUNET

Nous n'habitions pas Dun même, mais Dunet, le « petit Dun », un faubourg en retrait sur la route de Naillat à un jet de pierre du bourg, où l'on montait par la rue de la Barre qui déboule dans la Grand-Rue face à la pharmacie Dessagnes, ou par la rue de la Navette qui devient rue des Sabots en passant entre « Les Economats » et la pharmacie Gogué. Ces deux rues se rejoignent à l'angle de notre jardin dont le mur s'écarte en baïonnette pour ménager l'espace du transformateur électrique. Dun fut doté de l'électricité bien avant qu'EDF l'installe, un moulin privé la fournissait à ceux qui voulaient bien la recevoir, faute de compteur on payait un forfait par ampoule installée.

En ces temps que je n'ai pas connus, l'électricité s'appelait la lumière. Plus tard, la compagnie nationale forte de son monopole imposa ses compteurs et contraignit notre meunier de lumière à lui revendre sa production. Je vis construire ce transformateur qui empiète sur le nouveau jardin, dérobai même quelques isolants en verre où le soleil s'éclatait et dont je ne fis rien.

Mon grand-père fit installer « la force » dans la maison et le garage. « La force », comme son nom l'indique un peu, est un courant électrique alternatif triphasé de 380 volts alors que l'usage ménager de l'époque se contentait de 110 volts sur deux phases. On plaça dans chacune des chambres du premier étage d'énormes prises en bakélite que venait téter à tour de rôle un unique radiateur glouton, à trois positions, qu'on baladait ainsi de pièce en pièce comme un grille-pain au gré des frilosités. Au garage mon grand-père disposait d'une perceuse à colonne, monstrueuse, dont, à l'aide d'un manche de marteau, on faisait sauter la courroie d'une poulie l'autre pour changer de vitesse, et d'un compresseur électrique de sa fabrication qui lui servait à peindre, à gonfler les roues de la clientèle, les pneus de nos vélos, les ballons, et provoquait des gerbes d'étincelles et maintes coupures de courant. Le garage est également équipé d'une fosse pour travailler sous les autos, les vidanger, fermée de lourdes planches de chêne, l'échelle pour y accéder ne fut jamais installée, il fallait y sauter en deux fois, un billot placé à mi-hauteur servait de marche intermédiaire. Les enfants, qui n'avaient pas le droit d'y descendre, ne s'en privaient pas. Dans la cour, devant la porte du hangar, mon grand-père avait installé une petite forge sur roues, où, à l'aide d'un ventilateur à main, il rougissait des boulets de charbon et du fer-blanc. Les enfants étaient préposés à en actionner la manivelle, émerveillés par son chant de crécelle, et par la magie d'un homme capable de soumettre le fer.

Maurice Harang, que j'appelais « pépé de Dun » (mon grand-père maternel que je n'ai pas connu eût été « pépé du Riot », comme mes grand-mères ont été « mémé de Dun » et « mémé du Riot »), on élidait le « e » muet, en trois syllabes, « pépé d'Dun », nous construisait des cabanes. Des cabanes en dur, poteaux de bois, bardage et tôle ondulée, porte battante, une entrée et une pièce principale où trônait un des petits fourneaux de fonte que les Alliés avaient parachutés dans les campagnes faute de mieux. La première cabane, qui tint plusieurs années, fut édifiée pour mon frère aîné au fond du jardin vieux, où, entre de courtes rangées de buis, on enterrait nos animaux morts de vieillesse, chats, chiens et pigeons ramiers. La dernière, dans le jardin neuf (qu'on acquit probablement entre-temps), dans l'angle du fond d'un petit abri et du mur du garage, à côté d'un foisonnement de framboisiers et de cassissiers qui nourrissaient nos goûters.

Je jouais là avec mes deux Martine, Martine Gallet, ma voisine de classe, et Martine Model qui habitait sur notre trottoir trois maisons plus loin. Mon frère avait eu ses Paulette, Paulette Gallet, la sœur aînée de ma Martine, et Paulette Papet, la dernière maison avant la forge des Gallet. On l'appelait Gallet, ma Martine, pour ne la pas confondre avec l'autre Martine de Dunet, Martine Model, qu'on disait de moins bonne famille parce qu'elle avait trop de frères et sœurs et que pendant que son père travaillait à l'Electricité de France, avec casquette et Juvaquatre de l'entreprise, sa mère ne travaillait pas, alors que les Gallet, eux, avaient réussi. Elle me plaisait aussi, la Model, mais on aimait moins me voir avec elle, au prétexte que l'envolée de ma balançoire où je les invitais toutes deux dévoilait sa culotte, ou pire quand elle n'en avait pas.

On commençait par un goûter, des rondelles de pain beurrées sur lesquelles ma grand-mère émiettait du chocolat, puis séance de balançoire, la Model rentrait chez elle et je m'enfermais dans ma cabane avec la Gallet. Nous faisions mine de cuisiner, transvasant sans cesse nos framboises de bols en assiettes, finissions par les manger, puis, un jour, je mis mon sexe tout doux, tout dur dans sa main.

Je n'ai pas la mémoire des souvenirs, pourtant je me souviens très bien de sa main sur mon sexe, à peine posée, refermée par la mienne. J'avais peur qu'elle crie, qu'elle parte, qu'elle parle, peur et envie aussi, comme si la réprobation m'eût confirmé l'interdit espéré. Je ne sais pas comment je savais que ce que j'allais faire, puis ce que je venais de faire, était mal. Pas que mal, mais mal aussi. En ces temps-là personne ne disait aux garçons qu'ils feraient mieux de ne pas mettre leur sexe tout dur dans la main des petites filles (on m'avait juste interdit de le montrer pendant la classe), mais je savais qu'il ne fallait pas, et c'est parce qu'il ne fallait pas qu'il fallait que je le fasse, ce mal participait du plaisir espéré, il n'était pas tout le plaisir, mais sa condition. L'autre partie du plaisir était pure, sauvage, tendre, la chaleur soyeuse des peaux qui se touchent, l'une cachée, fragile, fourbie, brandie, et l'autre, la main potelée d'une enfant. J'aurais aimé qu'elle restât un peu, qu'elle maniât vaguement ce qu'on lui avait remis. Elle ne le fit pas mais ne se retira pas si brusquement, se figea le temps d'une respiration ou deux, difficile à dire puisqu'on ne respirait plus, elle me quitta dans un effleurement que je pris pour une caresse, le temps de dire qu'elle n'aimait pas, qu'elle n'était pas fâchée.

Je me souviens de sa main sur mon sexe dressé, petitement dressé, un sexe d'enfant, violente petitesse. J'ai revu Martine, une seule fois, longtemps après, multipare, à l'orée d'être grand-mère riait-elle, elle n'habitait plus Dun depuis une bonne génération. Nous n'avons parlé ni de sa main ni de mon sexe, qui étaient là, tous deux, pourtant, près de nous, dans nos extrémités, changés, bien sûr, aussi ressemblants pourtant à ce qu'ils furent que nous l'étions nous-mêmes, c'est idiot de ne pas se montrer nos sexes entre amis lors de retrouvailles, après tout on demande bien des nouvelles d'enfants que l'on n'a jamais vus. Nous avons parlé d'autre chose, de gens morts, d'improbables vivants perdus de vue, je ne sais si elle partageait en pensée le même souvenir que le mien. Sa main, mon sexe, son père aussi qui vendait des tracteurs et qui fit d'elle par une mort violente ma première orpheline. Cette rencontre en adultes nous ennuyait probablement autant l'un que l'autre, nous sommes allés dans le jardin, à l'endroit de cette cabane que nous avions construite jadis avec d'autres enfants et l'aide de mon grand-père, la cabane du petit sexe et de la petite main. Nous avons évoqué la balançoire disparue en lissant de nos index les grises cicatrices laissées par les cordes sur une solive du hangar comme des cordes de pendu. J'observai sa main, courbée, presque croche, un peu gonfle, elle avait vieilli, plus vieilli qu'elle, elle avait travaillé, cousu, lavé, caressé des enfants, un mari, des amants, peut-être pas d'amants, et ma propre main, à deux doigts de là dans l'autre sillon creusé par la corde de la balançoire, n'avait l'air de rien, une main trop jeune pour son âge, une main de paresse (je n'ai rien fait de mes huit doigts pendant que les deux autres faisaient tourner le crayon), une main de branleur.

On l'appelait Martine Gallet, ma Martine, mais pour parler des Gallet on disait les Gallet-Tracteur, le père de Martine, maréchal-ferrant entreprenant, était devenu marchand de tracteurs, dépositaire des marques Massey-Harris et Massey-Ferguson, dont les machines, efflanquées comme des haridelles, rutilantes, les roues avant jointes en genoux de chaisière, sortaient en ribambelles des hangars comme la crotte au cul d'un âne, on disait les Gallet-Tracteur pour qu'on ne les prenne pas pour les Gallet d'en face qui habitaient dans la ruelle derrière la forge. De ceux-là on disait les Gallet-Thomas parce que le père, je dis le père mais je ne sais pas s'ils avaient des enfants, était garçon d'écurie chez les Thomas qui occupaient à l'entrée du bourg une maison bourgeoise et élevaient des chevaux de course dans la prairie en combe au fond de notre jardin. Madame Gallet, Gallet-Thomas, s'appelait Blanche, un prénom troublant dans l'arrière-cour du cul du monde. Elle veuva, elle vieillit, elle blanchit et mourut après qu'on l'eut amputée des deux jambes.

Toutes ces femmes, les Gallet, Audoucet, Bonnet, Jeaumard, Papet, la Papet surtout, se rendaient chaque jour au lavoir, large et long comme une piscine couverte de tôle ondulée, matériau aujourd'hui bidonville mais qui avait alors noblesse de modernité, charpente apparente, margelles de pierre taillée. L'eau nous arrivait aux genoux lorsque nous y faisions flotter nos radeaux de ficelle et de sureau. Le lavoir était une fierté de Dun, on le vendait en cartes postales, alimenté par deux sources pures, l'une s'attardait de l'autre côté du chemin de terre dans une auge monolithique en forme de trèfle où s'abreuvaient les chevaux de trait et les bœufs de labour, avant de ruisseler vers le bassin du lavoir, l'autre jaillissait d'une fontaine sculptée en deux tombées d'eau parallèles qui crachaient la nuit, disait-on, des serpents monstrueux. La meilleure eau du canton. On m'envoyait l'été y remplir en tremblant des bouteilles fraîches pour la soif. Les eaux usées par les coups de battoir, bleuies par la fonte des briques de savon, quittaient les lieux par un ru de fossé jusqu'aux jardins voisins.

Les femmes allaient au lavoir en poussant devant elles des brouettes chargées de linge comme du foin et, sur les brancards, une caisse remplie de paille, comme une crèche où elles s'agenouillaient dans un pauvre confort, le battoir en travers, pelle de bois épais d'une seule pièce que l'on pouvait commander au sabotier. Est-ce plus tôt ou plus tard ? On voyait au cinéma Apollo, chez Malinvaud, un film, *Les Lavandières du Portugal*, dont le refrain disait : « Et tape, et tape, et tape avec ton battoir, et tape, et tape, tu dormiras mieux ce soir. » Les femmes, toutes habillées de noir comme des veuves portugaises, tapaient fort et parlaient haut, elles avaient leur place et leurs habitudes, et la hiérarchie tacite entre celles qui lavaient leur linge et celles qui lavaient celui des autres. Elles rentraient fourbues, tirées par des brouettes ruisselantes, avant d'aller pavoiser les jardins de draps lourds comme des bœufs, de culottes en dentelle que le vent gonflait en manches à air.

Sur le talus au-dessus du lavoir, entre le travail du maréchal-ferrant et la fontaine abreuvoir, s'arrêtaient parfois des romanichels, qu'on disait aussi romanos, deux ou trois caravanes en bois peint de vif, attelées de chevaux, pour un jour ou deux, une semaine, puis repartaient comme ils étaient venus avec leurs chiens, leurs chèvres et leurs poules, parfois une vigogne. Il leur arrivait de laisser leurs enfants à l'école, ils nous semblaient plus grands, plus libres que nous. A l'année longue restait sur le talus une automobile immobile, une Renault beige au museau anguleux, une sorte de fourgonnette dont la partie utilitaire avait été consolidée de bois récupéré, ces croisillons épars dessinaient sur un côté une sorte de fenêtre, les pneus à plat se laissaient gagner par la végétation. Un homme vivait dedans, seul, il avait un couteau, des fleurs en pot sur son capot, roulait des cigarettes, souriait et buvait sans cesse, on lui donnait du lait et des œufs. Il faisait bouillir à même le sol entre deux pierres une soupe d'orties cueillies sur place en se frottant les mains dans la vapeur, bienheureux et édenté, sa présence me rassurait lorsque j'allais remplir mes bouteilles au goulot des serpents. On lui donnait un nom, un sobriquet plutôt, que j'ai oublié. On l'a retrouvé mort, un soir dans un fossé, la casquette dévissée, chauve comme Arthur.

5

LA CHAMBRE D'ARTHUR

Avant Arthur, la chambre d'Arthur n'avait pas de nom. Située juste au-dessus de la gare, on pouvait (on peut toujours) y accéder directement par un escalier savant qui épouse l'angle aigu de la pièce et lui donne, côté rampe, l'illusion d'un angle droit, mais nous ne l'empruntions jamais, nous jouions sur les marches jusqu'en haut où un petit placard dans l'épaisseur du mur était encombré de vieux journaux. La porte vitrée de la chambre restait fermée et, sans qu'aucune interdiction fût prononcée, qu'aucune clé la protégeât, on ne l'ouvrait pas. Cet escalier, plus récent que celui du centre de la maison qui dessert toutes les pièces de l'étage, chambre d'Arthur comprise, doit son existence au temps des locataires et sa désaffection à leur départ. Même Arthur en son temps n'utilisait que l'escalier central. Avant Arthur, si d'aventure il fallait nommer cette chambre, on disait « la pièce au-dessus de la gare », pas même une chambre, bien que le seul meuble qui y eût figure humaine fût un lit de fer dont Arthur fit son affaire et qui y est encore. Le reste de l'espace était occupé comme un grenier, de bric et de brocs, dont certains en tôle émaillée attendaient qu'on les jette, sauvés du rebut définitif en raison de leur harmonie avec des seaux hygiéniques appariés alors en service, les toilettes étaient au jardin. Dans le chevêtre de l'escalier, un grand placard plein d'autres journaux, de volumes reliés de *L'Illustration* et d'affiches neuves, pliées sur leur envers, que nous avons déployées beaucoup plus tard pour retapisser la chambre après qu'on l'eut amputée d'un demi-mètre pour laisser place à une salle de bain.

Arthur passa là quelques années, succédant à mon grand-père pour gérer la gare, censé veiller sur ma grand-mère qui ne le supportait pas. Il se contenta de donner son nom à la chambre sans en changer l'ordonnancement. L'année de mon pensionnat à La Souterraine, on y ajouta un petit lit pour mes nuits des rares week-ends où l'on voulait bien me délivrer. Arthur était le cousin de mon père, un cousin assez proche, peut-être un cousin germain, mettons que leurs mères étaient sœurs. Arthur était un peu plus âgé que mon père, tous deux nés natifs de Sagnat, canton de Dun.

Arthur avait toutes les qualités nécessaires pour suppléer mon grand-père malade et lui succéder à sa mort. Il était de la famille, habitait le canton, possédait une camionnette (une Peugeot 202 verte, aux yeux rapprochés encagés derrière la grille ovale de la calandre) et avait derrière lui toute une carrière de chauffeur de maître qui garantissait le bon acheminement des colis. Sauf qu'Arthur avait mauvaise réputation, pour cause de situation familiale pourtant irréprochable : il était célibataire. Incorrigible vieux garçon. De ce célibat revendiqué (j'étais trop jeune pour soupçonner qu'il pouvait s'en prévaloir afin de cacher quelque regret, ce qu'au demeurant j'imagine aujourd'hui sans le moindre fondement) semblaient découler des défauts subalternes, avérés pour la plupart : hâbleur, chapardeur, roublard, hypocrite et papeugneur patenté. Le verbe « papeugner » vient de ma famille maternelle et morvandelle, mais je n'en sais pas d'autre qui dise aussi bien cette manie de tripoter toutes les femmes, entre chatouille et provocation, des gestes moitié innocents moitié égrillards qui expriment à la fois la gourmandise et l'aveu d'impuissance. On lui prêtait mille maîtresses dont l'histoire familiale n'a retenu aucune.

Dans un album de photographies que je ne peux consulter, on voit Arthur dans la splendeur de sa carrière de chauffeur de maître posant contre le garde-boue d'une Delahaye lustrée, en bottes de cuir ciré, pantalon de golf et casquette de service. Je ne sais rien d'autre de son activité première, sinon qu'il l'exerçait à Paris et cette casquette de drap bleu, la visière raide, qui l'avait suivi jusqu'à Dun et qui me tombait sur les yeux. Retraité, il élevait des moutons dans la ferme des Genettes dont il partageait la propriété avec sa sœur Germaine, au sortir, dit-on, d'une succession difficile. Il m'emmenait souvent l'après-midi nourrir et abreuver ses bêtes. Il était chasseur, spécialisé bredouille, je l'accompagnais parfois dans de longues marches matinales où l'on promenait, sans but déclaré ni atteint, son chien et son fusil. J'aimais bien son chien.

Arthur était chauve comme un genou luisant mais n'enlevait sa casquette de tweed que pour dormir, il se rasait avec, au robinet de la cuisine. Au fond, on lui reprochait surtout d'avoir un jour eu besoin de lui quand il comptait pour rien. Il parlait fort pour s'entendre (on le disait sourd), en levant le menton afin que son dentier ne puisse retomber qu'à l'intérieur. Aujourd'hui je suppose qu'on s'en méfiait de peur qu'il dise ce qu'il savait, ce qu'il avait toujours su sans bien comprendre ou sans partager l'importance d'un secret de famille. Arthur avait connu mon père du temps où il s'appelait Quisserne, ma grand-mère avant qu'elle se marie, mon grand-père quand il n'était que son copain Maurice. Il n'en dit jamais rien, et ne fit aucun effort pour le cacher. Nous n'avons pas su lire entre ses mots.

Je n'aime pas la chambre d'Arthur pour y avoir vécu, à huit ou neuf ans, la plus grande peur de ma vie. Une peur inventée. Je détestais dormir dans sa chambre le samedi soir, avant qu'on me renferme en pension le lendemain ou le lundi à l'aube, à l'école Saint-Joseph à La Souterraine. Je ne rêvais que de trouver le courage de me lever, de traverser le palier et de me glisser dans le lit de ma grand-mère qui ne me réclamait pas. Pour m'en dissuader, Arthur m'avait informé qu'à la nuit tombée un monstre gluant et verdâtre vivait là et ne souhaitait pas être dérangé. Je ne le croyais pas, on ne croyait jamais Arthur, et dormis souvent avec ma grand-mère, jusqu'au jour où je le vis. Un monstre énorme, mou et muni d'écailles tranchantes, trop gros pour se mouvoir dans cet espace restreint, son corps débordait sur l'escalier et en épousait mollement les degrés, ses pattes, s'il en avait, disparaissaient sous son ventre annelé comme une larve géante, seule sa tête semblait mobile, posée en bouchon de pâte sur son corps sans cou, il bavait, tirait une langue rouge et fourchue, le front couronné d'une demi-douzaine d'yeux capables de regarder chacun dans une direction différente. Lorsque je me présentai dans l'entrebée de la porte, ma peluche à la main, ces globes vitreux convergèrent vers moi tels les phares d'un mirador sur un évadé. Je suis retourné vers mon petit lit, je n'ai pas pleuré, je n'ai pas crié, j'ai serré toute la nuit sans dormir ma brique déjà froide entre mes mains, bien décidé à frapper le monstre s'il s'approchait. Arthur ronflait. Il faisait un froid de louve. Le lendemain je racontai ma rencontre avec le monstre. Arthur ne m'a pas cru. Arthur ne me croyait jamais.

Nous dormions tous avec des briques, des briques de terre cuite passées longuement au four avant l'heure du coucher. Le moment venu, à l'heure où dans d'autres familles mieux chauffées on échange des baisers et des souhaits de sommeil heureux, nous préparions les briques. Seule ma grand-mère avec ses mains de salamandre savait les sortir du four sans se brûler. Nous les roulions dans des journaux passés, à peine jaunis par le chaud et qui gardaient pour longtemps les plis de la brique de la veille, puis les fourrions dans un sac de toile à matelas, cousu main, et fermé d'un cordon. Chacun avait son sac comme ailleurs on a son rond de serviette. Nous montions à l'étage glisser la brique entre nos draps pour la rejoindre à la hâte, y poser nos pieds nus et glacés, et tâcher de s'assoupir avant qu'elle ne refroidisse. Je n'ai pas eu ce soir-là, ni les suivants, à jeter ma brique à la tête du monstre, j'ignore s'il en eût réchappé. Près d'un demi-siècle plus tard, il m'arrive parfois de le revoir en rêve, il semble moins effrayant, moins effrayé aussi, puisque je dors sans brique. Je pourrais encore le dessiner.

6

LA SOUTERRAINE

Mes parents m'ont mis en pension lorsque j'avais neuf ans. Ma mère surtout. Mon père rentrait bien trop tard de son travail pour s'occuper de ces choses. Cinq étages, il pleuvait parfois, il n'usait ni d'ascenseur, ni de parapluie, imperméable trempé, le front lavé de pluie, il essuyait ses pieds longuement sur le paillasson, toussait, ouvrait la porte sans frapper, posait sa sacoche juste derrière la porte. Je n'ai jamais su exactement ce qu'il rapportait de l'usine, de vieux rapports ronéotés pour que nous dessinions derrière, et des morceaux de métaux légers, de ces métaux qui volent et dont on fait des avions. Il fumait la pipe, ça l'aidait à se taire. Lisait un journal de la veille que lui passait une voisine, il vivait sur une autre planète et n'était pas à un jour près pour prendre des nouvelles de la nôtre.

Nous étions quatre frères et sœur, les parents disaient que l'appartement était trop petit, qu'il fallait bien que quelqu'un s'en aille. Ils disaient qu'il fallait bien que ça tombe sur l'un d'entre nous, à part moi, personne n'a trouvé injuste que ça tombe sur moi. Je ne sais pas vraiment pourquoi c'est tombé sur moi, pour seule explication, on a dit que je faisais trop la comédie. On appelait comédie à peu près tout ce qui déplaisait, tout ce qui met les nerfs à nu, les cris, les refus, les désobéissances, les résistances, les appels au secours d'être né dans un monde invivable. Par délicatesse, on m'expédia dans une pension située à quelques lieues de Dun où j'avais donc, quatre ans plus tôt, dans un précédent abandon, appris à lire et à écrire.

Le canton voisin, celui de la pension, le limitrophe, porte un nom qui forme pléonasme avec celui du département, on ne peut pas tomber plus profond, La Souterraine, dans la Creuse. De toute l'année scolaire, je ne devais revoir ma famille qu'à deux reprises, à Noël et à Pâques, ce que je fis. A la première séparation d'octobre, je survécus grâce à un minuscule ours en peluche (il tenait dans une trousse d'écolier) sur qui je transférai toute la confiance qu'aucun adulte ne mériterait jamais plus. Je l'appelais Nouf-Nouf, ce qui n'était pas bien malin, comme le reste. Aux vacances de Noël Nouf-Nouf ne voulut pas retourner avec moi en pension, au moment du départ, il était introuvable et le resta à jamais. Je revois encore l'armoire sombre, en contreplaqué de sipo, gorgée de brou de noix sous laquelle Nouf-Nouf ne se trouvait pas, mon père l'avait fabriquée du temps d'un long et mystérieux célibat, les montants arrondis, les petites boules d'aluminium de ses poignées, dans l'espace qu'elle ménageait le long du mur nous entassions des édredons qui passaient là des étés de paradoxale hibernation. Nous avions un train à prendre, nous avons interrompu les recherches et les appels à la cantonade et nous nous sommes, ma mère et moi, rendus à la gare d'Austerlitz. Au kiosque de la station de métro Argentine, anciennement Obligado, ma mère m'acheta un petit Mickey rigide, les bras et les jambes écartés dans la position arrogante d'une entrée de cirque, un chapeau à la main et des gants jaunes sous vos applaudissements. Comment cette mère a-t-elle pu imaginer qu'on remplaçait l'intimité velue, saturée de confidences d'un Nouf-Nouf par un moulage criard aux arêtes blessantes d'une souris extravertie ? (Je finis par l'aimer un peu, par la perdre.)

J'arrivai à la gare dans un état de cruelle navrance, de solitude désespérée que je savais ne pas être mortel mais douloureux, quoique prometteur d'endurcissement. Pour ce trajet dans un train de nuit entre la capitale et le creux du monde, quelque cinq heures d'hiver à griffer la campagne d'une bordée de wagons surchauffés, il était convenu que ma mère me confierait à un grand de troisième, il avait beaucoup redoublé et pouvait avoir le double de mon âge, il s'appelait Briochet.

Passons sur Orléans, sur Vierzon, Châteauroux, Saint-Sébastien, passons sur les deux sandwiches à l'omelette où je retrouvai le peu d'amour dont ma mère fût capable du temps que le papier d'aluminium était d'une modernité inaccessible, elle les enveloppait dans des torchons perdus d'avance. Le pain fendu fuyait et imbibait le tissu d'œuf tiède et baveux, qui ramollissait croûte et mie jusqu'à l'éponge et pourtant, si j'avais pu, ces sandwiches, je les aurais fait durer un trimestre comme uniques témoins d'une tendresse maternelle que j'espérais retrouver, que j'espérais qu'elle retrouve. A Orléans-les Aubrais, ils étaient engloutis. Briochet (je n'ai jamais su son prénom), Briochet, donc, d'autorité, voulut me les échanger contre un vague rôti froid qu'il mangeait comme à table, sur ses genoux, dans une assiette en aluminium posée sur une serviette vichy. Il buvait du vin rouge dans une timbale, portait une cravate et un costume gris prince-de-Galles dont j'enviais le pantalon long. Mais après avoir croqué dans ma première éponge il renonça à l'échange, ces tendresses-là n'étaient pas de son monde. Je ne connaissais pas ce Briochet à qui on m'avait confié, les élèves de troisième ne se mêlaient pas à ceux du primaire, nos dortoirs n'étaient pas dans le même bâtiment, je n'avais pas le moindre indice pour me méfier, me fier, me défier ou me confier.

Rien jusqu'à La Souterraine. J'ai dû dormir. Lorsque j'ouvrais un œil le sien avait l'air de dire mon petit gars toi aussi tu seras le grand un jour, mais aujourd'hui c'est moi. Parfois il s'assombrissait sous l'empire d'une grande concentration, le regard fixe sur le plafonnier, il gardait une main dans son pantalon qu'il agitait sous mon nez, je ne savais rien de ces choses (j'apprendrai). Parfois il éteignait la lampe, d'autorité, pour me faire peur et baissait un peu la vitre donnant sur la nuit, laissant ainsi la voie libre à de lourds paquets d'air glacés, violents, tranchants. Je crois bien qu'il fumait. Je ne pleurais ni ne me plaignais, il n'insistait pas, disait que j'étais un homme avec un rictus moqueur. Le train avait encore de la route à faire et peu de temps à perdre à desservir des gares subalternes. On avait descendu les valises du filet bien avant que les freins bloquent les roues sur les rails, métal contre métal, dans cette plainte d'acier qui fait frémir les dents. L'annonce du chef de gare de La Souterraine et sa minute d'arrêt ne dépassa pas le cornet du haut-parleur, gelée dans les fils. Nous descendîmes comme des grands. Il devait être minuit ou pire, à pas d'heure, et un froid contondant qui vous sonnait les os comme du verre.

J'ai souvent revu cette gare, pour y chercher des gens, ou pour rien, avec la nostalgie de ce qui va suivre, et un autre souvenir qui ne me concerne pas et qui s'est noué bien avant que je naisse : c'est ici, dans cette pauvre station de chemin de fer, à peine plus grosse et en tous points conforme à celles qu'on voit dans les vitrines des grands magasins à Noël se faire traverser par des trains Jouef ou Hornby, c'est ici, dans cette gare de La Souterraine, qu'en présence de ma mère, et peut-être pour la première et la dernière fois de sa vie, mon père croisa le regard d'une femme qui lui ressemblait et qu'on lui avait cachée.

Au saut du train Briochet m'annonça tout à trac qu'on ne rejoindrait pas la nuit même l'internat, qu'on dormirait à l'hôtel juste en face de la gare, qu'il avait l'habitude, qu'il avait prévenu l'école, et même qu'un professeur allait nous rejoindre dans la chambre.

Deux hôtels à La Souterraine font face à la gare, ils portent deux des quelques noms que l'on donne aux hôtels ainsi disposés, hôtel de la Gare, des Voyageurs, de la Poste parfois si la poste n'est pas loin ou qu'ils aient pris le témoin d'un ancien relais de poste, les hôtels Terminus ne se trouvent guère que dans les grandes villes où les lignes se croient arrivées en heurtant le butoir, hôtel de l'Arrivée justement, du Départ, ou le Balto, si l'hôtel fait tabac. Un seul des deux hôtels (ils sont aujourd'hui fermés), lorsque j'y revins, sembla correspondre au souvenir que j'en avais. Je me rappelle une femme debout derrière une sorte de caisse ouvragée et sombre, un passe-monnaie de cuivre ou de laiton, astiqué, qu'on voit encore dans de vieilles merceries, qu'on trouvait dans des pharmacies de province naguère, avant que fortune faite leur prenne la furie des néons Las

Vegas et des tiroirs de six mètres de long. La dame me paraissait âgée, mais quel adulte peut bien avoir l'air jeune à des yeux de neuf ans, maquillée, poudrée, immobile comme un massepain qui craint pour son sucre glace, sévère et satisfaite de voir son petit Briochet à l'heure et sans bredouille, elle ne lui donna pas de clé, la porte était ouverte à l'étage du dessus qu'on gagnait par un escalier étroit juste derrière la caisse, colimaçon aux balustres de fer très rapprochés où je tirais à toute force une valise trop grosse pour lui et pour moi. Je ne sais plus comment tout cela s'agençait, mais dans la chambre, il y avait des marches, deux ou trois, un tapis, un lavabo derrière une tenture, deux lits, un petit contre un mur, un grand contre rien, la tête dans le vide au milieu de la pièce. Briochet n'avait pas monté sa valise, il s'assit en costume sur le grand lit qu'il avait défait et me dit de me déshabiller en attendant Monsieur Untel (je ne me souviens pas du professeur qu'il me disait attendre, sinon que je le connaissais alors et que sa venue me rassurait plutôt). Je n'étais pas inquiet, tout me semblait à la fois étonnant, presque féerique et mérité, et en tout cas valoir mille fois l'internat que j'avais subi un trimestre déjà et auquel ces circonstances imprévues me proposaient de surseoir.

Tout changea au moment où Briochet se mit en tête de me défaire de mon slip, j'étais déjà en maillot de corps (là-bas on disait tricot de peau), mes autres vêtements sur le plancher, chus là où je les avais ôtés, j'étais docile, prêt à bondir vers le petit lit que Briochet ne me désignait pas. Mais il voulut m'enlever mon slip, avec des conseils d'abord, puis des arguments, des ordres et des gestes enfin qui me déplurent et me braquèrent, je ne sais pas pourquoi, j'étais frileux du slip, voilà tout. J'ai dû crier car on entendit bientôt la dame d'en bas donner de la voix dans l'escalier (la porte de la chambre est ouverte), elle a dit laisse-le partir (elle a ajouté le prénom de Briochet que j'ai oublié). Briochet n'a plus rien dit, il a juste tenté d'un coup de menton de me faire changer d'avis. Je ne répondis pas, me rhabillai, empoignai ma valise et, malgré ce lest, cette entrave, descendis l'escalier, traversai le couloir (il y avait un homme ou deux au comptoir du bar) et me retrouvai dehors à des minuit passé, devant la gare de La Souterraine, dans la Creuse, sans mon Nouf-Nouf, une valise à la main, haut comme neuf ans, un froid de grizzly et toute une ville à traverser de bas en haut pour rejoindre un dortoir que je haïssais et dont je doutais qu'il fût encore ouvert.

Je connaissais mal le chemin, je savais qu'il fallait monter puisque l'école était sur la hauteur, que les rues ne se tenaient pas droites et que je finirais bien par me repérer à quelques sorties faites le trimestre précédent (le Cinéma Familia pour entendre un explorateur qui avait vu des tigres mais n'avait pas vu d'ours, ou le dispensaire pour une cuti-réaction, en fait on ne sortait pas, la seule distraction suivie était la religion pour laquelle nous avions tout sur place). Ce devait être une nuit de dimanche à lundi, la première de l'année. Je marchais en tremblant, plus de froid que de peur, je ne me suis jamais retourné, je n'avais pas l'idée qu'on pût me suivre, ou chercher à me retenir, ni même à m'empêcher de dire ce qu'on avait essayé (je ne le dis pas). Je marchais aussi vite que possible, conscient d'avoir à ménager mes forces au cas où je me perdrais, malheureux d'avoir à hausser l'épaule (j'en changeais tous les dix pas) si haut afin que la valise ne racle pas le sol.

On pourrait retrouver dans les journaux locaux de l'époque (mettons janvier 1959) la trace de ce que je vais dire maintenant et qui ne me blessa guère plus que ce qui vient d'être dit : en longeant dans son entier cette rue commerçante (au nom d'un ministre de la Troisième, un héros du cru, un ancien maire ou un abbé) éclairée avec parcimonie malgré le temps de fête, à l'endroit où elle se veut aujourd'hui piétonne, j'ai vu, j'ai vu dans une banque qui existe toujours, des hommes en casquette déménager des sacs de toile, les mêmes casquettes et les mêmes sacs que dans les films où paraît Jean Gabin. Ils n'œuvraient pas directement dans l'agence mais dans un couloir latéral qui la desservait. J'ai croisé le regard de l'un d'eux, j'avais à peu près autant de chances de voir cette nuit-là un gang à la tâche que cet homme de lever le nez par moins dix sur un enfant de neuf ans plus menu que sa valise. Nous avons fait tous les deux mine de ne pas nous voir.

La pension était loin, tout en haut de la ville, le dortoir ouvert, je m'y glissai, étranglé par la chaleur qu'y distribuaient d'énormes canalisations bruyantes. Je me déshabillai sans bruit, me glissai entre la couverture rêche et le matelas sans faire mon lit, plaçai mon Mickey de raccroc sous l'oreiller. Je ne lui racontai rien, ça ne le regardait pas et il avait tout vu. Je dormis de mon mieux, personne ne s'en inquiéta. J'avais reçu à l'automne, des mains sales d'un frère des Ecoles chrétiennes, une médaille de chevalier du Christ, ou plutôt de croisé du Sacré-Cœur de Jésus, je ne l'avais pas volée.

Et j'attendis comme chaque semaine qu'Arthur vînt me délivrer pour mon weekend à Dun, où parfois s'installait un petit cirque dont j'enviais les jongleurs et les roulottes.

7

LA SALLE À MANGER

Nous ne mangions jamais dans la salle à manger. Pièce la plus froide de la maison, elle servait de garde-manger. Entièrement meublée Henri II, elle était encombrée de victuailles. Sur une petite table près de la fenêtre on laissait s'affiner quelques fromages fermiers, sur la grande table mûrissaient des cageots de fruits du jardin sous un lustre à pampilles qu'on allumait à chaque passage à l'aide d'un interrupteur en porcelaine où jouait un papillon d'ivoire ou de corne. Les persiennes n'étaient jamais ouvertes, le buffet plein d'un service à liseré vert venu Dieu sait comment de Sarreguemines, malgré la proximité de Limoges où l'on en cuisait de plus élégants et de plus chers, il ne servait que pour d'exceptionnels repas de famille qui ne se tinrent jamais. Des portes vitrées et voilées de vieux rose plissé qu'on n'ouvrait pas séparaient la salle à manger du bureau.

Après la mort de ma grand-mère, nous entreprîmes de repeindre la pièce et d'en faire une chambre, mon jeune frère, ma sœur et son fiancé, la mienne et moi, une chambre de rez-de-chaussée afin que nos parents promis à vieillir s'épargnent les escaliers. Il s'agissait avant tout d'en cacher l'humidité, qui avait si bien réussi aux fromages de nos aïeux mais dont pouvait fort bien se passer la future chambre, poser une plaque de plomb sous la fenêtre dont l'appui se délitait, tendre du tissu bleu ciel sur les murs molletonnés d'une thibaude, masquer les imperfections du plafond de papier de riz, et peindre le reste en blanc pour attirer la lumière qui préférait la façade sud. La salle à manger et le bureau sont construits sur la cave qui plutôt que les assainir en nourrit les moisissures. On accède à la cave depuis la cour par un escalier de pierre sous la fenêtre de la salle à manger. A notre naissance on le couvrit d'une dalle en béton de peur que l'un d'entre nous y bascule depuis la terrasse, une dalle d'une lourdeur disgracieuse et si longue qu'on la surnomme « la tombe à de Gaulle ». Cette tombe empêche la circulation de l'air et gâche le coup d'œil. Nous y grimpions enfants comme sur un balcon, et plutôt que de nous protéger, l'arête de cette pierre tombale me blessa jusqu'à l'os lorsque j'avais six ans et que je m'y précipitai sans compter lors d'une partie de chat perché, la peau ouverte et le tibia apparent comme un éclat de porcelaine, à moins que ce fût le péroné. J'en garde une cicatrice que je crois vivante puisqu'elle produit encore des peaux mortes que j'arrache une ou deux fois l'an au prix d'une gouttelette de sang rosé, comme coupé de larmes. Lorsque j'ai entendu dans un film, peut-être *La Joie de vivre*, un personnage dire que la vie est mal faite puisque Dieu a créé les oranges en hiver lorsque personne n'a soif et le mollet derrière la jambe alors que les coups viennent par-devant, j'ai cru cette réplique écrite pour moi et y repense chaque fois qu'on effleure ma pauvre cicatrice.

Repeindre, donc. Nous rentrions tous d'une saison à ramasser du tabac dans le Périgord, fourbus, exaucés, vautrés dans de premières amours, et absolument incompétents en peintures et plâtres, à l'exception de David, le fiancé de Noëlle, qui avait exercé après de longues études le métier de prêtre catholique (ce qui le tint longtemps au ban de la famille, ma mère ne digérait pas l'idée qu'il eût pu confesser ma grand-mère maternelle, peut-être l'a-t-il fait, avant de sauter ma sœur), prêtre donc et pas trop manche au pinceau. Nous l'aimions comme un frère. Nous commençâmes nos travaux par fouiller partout.

A la fin du siècle dernier, bien après tout ce qui est dit ici, la maison de Dun a été cambriolée, laissée pour vide, par cette fenêtre de la salle à manger que nous avions réparée. Tous les documents que j'évoquerai ont disparu dans les tiroirs emportés sans être vidés, ou été détruits (ou mis à l'écart, à l'abri de nos regards, par une main, disons, maternelle) ou bien égarés par la suite dans les rangements qui ont tenté d'effacer le mauvais souvenir de ce déménagement subi sans ménagement. Je suis dans l'incapacité de les produire (ce qui n'a guère d'importance, je ne cherche pas à être cru), ni de les relire, ni de les retenir, ce qui me désole.

Mon père a toujours dit qu'avant de mourir il couperait tous ses meubles en quatre afin qu'on ne s'entre-tue pas pour partager l'héritage. Il est mort sans avoir recouvré la force de le faire, sa succession s'est effectuée dans un climat de fraternité plus fort que la rancœur. Cette menace qu'il croyait drôle et qui finit par le devenir dans la catégorie comique de répétition ne concernait pas les secrétaires, puisque notre famille qui ne possédait pas grand-chose se trouve à la tête de quatre de ces meubles dont les abattants trop lourds ne demandent qu'à reposer sur les genoux de celui qui les manœuvre. Le secrétaire qui nous occupe est à Dun, les trois autres dans la maison de notre famille maternelle et nivernaise. Je ne sais pas d'où venait à mon père ce goût des écritoires marquetées à tiroirs étriqués, il s'amusait beaucoup à nous en faire deviner le secret, un taquet ou un bouton-poussoir dissimulé dans l'épaisseur d'une cloison pour en faire jouer une autre, évidée, ou un mince double fond, capable de serrer quelques louis d'or ou documents confidentiels. Toujours est-il que nous trouvâmes en refaisant la salle à manger le livret militaire de notre grand-père, disparu depuis une quinzaine d'années sans que nous ayons oser poser la moindre question sur son entrée dans la famille. Je me souviens d'un petit livret beige rosâtre, à la reliure cousue renforcée par un ruban adhésif (qu'on appelait chatterton avant qu'une autre marque vienne imposer son nom et son verbe dérivé), du chatterton, donc, que l'âge avait jauni, décollé et rendu craquant. L'information était là, dans quatre petits chiffres, son année de naissance, 1888, à peine quatorze ans de différence avec celui qui passait pour son fils. Nous savions, bien sûr, mais nous ne savions pas.

L'affaire prenait un tour léger, nous étions cinq jeunes gens prêts à rire de tout, sans morale apparente, faisant profession de tolérance, se croyant adultes et délurés, l'étant autant qu'on peut l'être. Je ne me souviens pas que lors du chantier de la chambre nous eûmes une quelconque compassion pour le drame de ce garçon de dix ans, notre propre père. Ce chagrin viendra.

Mon père avait toujours eu une sœur de quelques années son aînée que nous fréquentions assez pour que mes parents en fissent ma marraine, Marcelle, mais que ma grand-mère (sa mère) refusait de voir. On se souvint qu'à la mort de mon grand-père, et sans qu'on nous donnât la moindre explication, ma tante Marcelle ne reçut rien, ou presque, alors que mon père hérita sans ambages de la maison de Dun et de tout ce qu'elle contenait. On se souvint aussi qu'ils se fâchèrent.

Ma tante et marraine que j'aimais bien habitait à une dizaine de kilomètres de Dun, à Saint-Agnant-de-Versillat, elle y avait épousé un menuisier, Gédéon Adam, tout petit, rieur et moustachu, en bleu de travail et couvert de sciure. Elle était dépositaire de *La Montagne* et du *Populaire du Centre* dont nous découpions les logos, le soir, afin de comptabiliser les invendus, le reste du journal nous était acquis pour n'en rien faire. Au centre du bourg, une tante Armandine (je ne sais de qui elle était la tante) tenait un café et nous abreuvait de grenadine. Parfois, lorsque j'étais en pension à La Souterraine, Arthur me déposait chez eux pour un week-end, leur fils Raymond épousa une Lucienne, ils eurent des enfants de mon âge. Ce Raymond reprit la menuiserie, la flanqua d'une scierie et d'un silo à grains, avec la ferme intention de faire fortune. Il roulait en Domaine transfluide, un break Frégate, s'acheta une Prairie pour le travail et bientôt une DS bleu ciel à toit blanc.

Si Maurice Harang eut, probablement de justesse, le droit de reconnaître un enfant qu'il élevait peut-être mais qui n'était son cadet que d'une bonne douzaine d'années, on imagine qu'on lui refusa de donner son nom à l'aînée, à peu près de son âge.

8

LA CHAMBRE DES GRANDS-PARENTS

Je ne me souviens pas si une photographie illustrait le livret militaire de mon grand-père. Mais cette image, qu'elle y fût ou non, je la vois. Dans la chambre de mes grands-parents, juste au-dessus de cette salle à manger, est encadré un portrait de ce grand-père jeune homme et déjà moustachu en uniforme de dragon, la poitrine luisante d'un corset d'acier invulnérable, et coiffé d'un casque brillant sous l'aigrette noire. Il pose pour une photo retouchée, l'air niais et serein de la joie enfantine du déguisement, trop vieux pour un Mardi gras costumé, trop jeune pour mourir à la Grande Guerre qui l'appelle. Un portrait encadré par ses soins, pépé d'Dun avait la manie de l'encadrement.

Cette activité avait commencé bien avant ma naissance par une autre, le recyclage d'objets résiduels et meurtriers de la guerre de quatorze d'abord, puis de l'autre qu'il avait vécue en spectateur, en zone libre, n'ayant pas eu à choisir son camp, se contentant de surveiller la Traction légère de mon père (une sept-chevaux bleu nuit à ailes noires, barres chromées sur les dossiers avant, ouïes de capot et cache-roue sur la malle arrière, modèle 1937), dissimulée dans son garage afin qu'on ne la réquisitionne pas. Comme dans beaucoup de familles de cette génération, on faisait fraîchir des bouquets dans des douilles de canons de soixante-quinze récupérées sur les champs de bataille, mais il avait poussé l'artisanat d'ancien combattant vers des trouvailles plus sophistiquées, pieds de lampe, portemanteaux. Son chef-d'œuvre était un encrier lové dans une tête d'obus graduée dont il rehaussait le petit couvercle de l'ogive à l'aide d'une balle de six trente-cinq pour en faciliter le basculement, un flacon de remède servait de réservoir à l'encrier (de ces flacons de verre blanc gros comme le pouce, fermés d'un opercule de caoutchouc pastel que l'on pouvait transpercer d'un coup d'aiguille hypodermique), et le socle était ceint d'un tour de ruban de cuivre cranté de mitrailleuse. Ce ruban, dont il avait récupéré des encablures, lui fournit ses premiers cadres, lourds de sens et de métal.

Du ruban de mitrailleuse il passa bientôt au bois profilé, devint un virtuose de la boîte à onglets et de l'équerre serre-joint. Il encadra tout ce qui pouvait s'encadrer, photos de famille, rarement de sa propre famille, calendriers, diplômes apocryphes, et surtout une profuse collection d'huiles d'un certain Muller que je pris longtemps pour un grand peintre, voire le seul tant que je n'en connus d'autres, et dont je possède depuis peu deux toiles sauvées du cambriolage. Elles ont pour moi une valeur que les voleurs ne pouvaient pas soupçonner (ils en emportèrent pourtant une bonne quinzaine). J'appris bien plus tard que ce Muller était un retraité des chemins de fer, peintre estivant qui, du temps où l'on recevait encore des locataires l'été, prenait chaque année villégiature dans la maison de Dun. Il passait ses jours dans la campagne, avec une prédilection pour les berges de la Brézentine, à peindre sans désemparer des bucoliques répétitives et assez bien tournées auxquelles il ajoutait quelques biches ou chevreuils vaguement disproportionnés, faute de les avoir vus, on eût dit de sincères pochades pour illustrer les vers de Samain ou Rollinat, forgés dans le même métal et au même moment dans le canton d'à côté. Leurs biches brament au clair de lune et pleurent à se fondre les yeux, quand d'aventure à la nuit brune fugue leur faon délicieux. Bref, Muller payait ses frais de séjour en tableaux invendables, parfois gigantesques, que d'ailleurs personne ne songeait à vendre et que seul mon grand-père pouvait encadrer. Mon père qui avait appris le dessin et fréquenté les Beaux-Arts, nous vantait ce Muller avec une indulgence mâtinée d'affectueuse nostalgie.

L'année où nous découvrîmes le secret dans le secrétaire nous ne savions rien de

Muller, sinon sa signature dans le coin en bas à droite de presque tout ce qui était accroché aux murs. Nous avions en main la pièce de notre conviction, notre Maurice Harang n'était pas le père de notre Roger Harang, soit, mais cela ne nous disait rien du vrai père de notre père. Nous étions cinq, tous plus ou moins nés un demi-siècle après lui, et donc mal placés sur l'échelle du temps pour avoir en mémoire un quelconque personnage qu'on eût pu soupçonner d'avoir fait le coup. Bref, nous nous fixâmes sur Muller et, le temps d'un été et d'une chambre à repeindre, nous nous sommes réjouis d'avoir percé deux grands mystères : celui d'une paternité cachée et le pourquoi de toutes ces toiles médiocres et touchantes. L'arrivée inopinée d'un artiste dans la famille justifiait à nos yeux l'éternelle absence au monde de notre père, et certaines déviances auxquelles nous nous apprêtions à succomber. Ne sachant rien du physique de Muller, aussitôt adopté comme vrai grand-père, nous l'imaginions à l'aune de notre père si peu creusois, un grand blond aux yeux bleus qu'un nom venu du nord ne dépareillait pas (mais, après tout, le nom de Harang est probablement venu avec d'autres en drakkar occuper la Normandie quelques siècles plus tôt).

Sauf que la chambre de mes grands-parents est la seule pièce de la maison où il n'y a pas de Muller, paradoxalement ce détail ne faisait que confirmer notre hypothèse : ils n'allaient tout de même pas dormir sous les œuvres, sinon le regard, de celui qui leur avait abandonné un fils. Elle abonde en portraits de famille dont seules ma mère et ma sœur savent encore nommer les personnages. En fait cette chambre dite « des grands-parents » tenait son nom d'habitudes anciennes que je n'ai guère connues. Lorsque j'allais à l'école de Dun, mes grands-parents avaient descendu lares et pénates dans le bureau du rez-de-chaussée, mon grand-père prétextant que la pièce était plus fraîche l'été et mieux chauffée l'hiver (elle ne l'était pas du tout) quand les escaliers lui devinrent trop pénibles. Cette chambre des grands-parents était devenue aux vacances celle de mes parents et d'un ou deux d'entre nous, l'un dans un berceau, l'autre sur un divan au sommier détendu de grillage. Les plus grands, lorsqu'il y en eut, trouvaient le courage de dormir dans la chambre de la Stella.

Toutes ces pièces sont meublées en style moderne de l'entre-deux-guerres, du faubourg Saint-Antoine façon Lévitan, de tapis usés, d'un ou deux fauteuils en cuir roussis par le radiateur électrique tirant sur son fil. Le lit de mes parents, déjà très haut sur pattes, est rehaussé d'un deuxième matelas supposé compenser l'avachissement du sommier, on y monte enfant à l'aide d'un tabouret.

Allongé sur ce lit, on peut lire au plafond quelques journaux jaunis qui colmatent provisoirement depuis un demi-siècle les manques de plâtre du marouflage défait et semblent retenir entre leurs lignes l'effondrement du grenier.

9

L'ESCALIER

L'escalier principal de la maison est droit, équipé de deux rampes de chêne sombre, quatorze marches raides et régulières, couvertes d'un tapis retenu sur chacune par une barre de laiton. Il prend racine dans une petite entrée qui distribue la cuisine et la salle à manger, une porte double donne sur la terrasse, la première, légère et vitrée, fait son office à la journée longue, elle s'ouvre vers l'extérieur, l'autre, massive, ajourée de vitres opaques protégées de grilles forgées, reste ouverte contre le mur jusqu'à la fin de l'été quand l'autre qui la double ne suffit plus à protéger du froid et des rôdeurs.

Lorsque j'étais enfant, le dimanche, après avoir manqué la messe, à la fin du repas que nous prenions dans la cuisine, nous recevions la visite de la Petite Marie. On l'installait sur une chaise au pied de l'escalier, dans cette entrée minuscule d'où elle avait l'illusion de partager notre table par la porte de la cuisine. Je ne sais pas ce qui liait notre famille à la Petite Marie, probablement rien, mais chaque dimanche elle était là. Pensionnaire à l'hospice des vieux de Dun, en face de l'hôtel Barka, elle n'en sortait qu'une fois par semaine, et c'était pour nous. La Petite Marie me faisait peur. Habillée d'un tailleur gris, un sac de faux cuir sur l'avant-bras, chapeau noir à voilette, elle marchait très lentement, déhanchée, en tremblant de tout son corps, le buste courbé jusqu'aux genoux, la main nouée sur sa canne au-dessus d'elle pour ne pas tomber plus bas. Elle entrait sans frapper en passant par la cour (la porte sur rue étant réservée aux usagers de la gare fermée le dimanche), attendait en se tenant au mur qu'on lui glisse une chaise et qu'on l'assoie, elle ne cherchait pas à aller plus loin. Je ne me souviens pas qu'elle eût des dents, ni qu'elle fût douée d'un langage articulé même si ses mandibules ne connaissaient pas le répit. Le temps qu'on pousse vers elle une part de quatre-quarts, elle sortait avec difficulté de son sac un mouchoir qu'elle ne parvenait pas à monter jusqu'à ses lèvres. L'assiette enfin sur ses genoux, le gâteau découpé pour elle en bouchées enfantines, elle pouvait commencer à l'émietter sur sa jupe et le paillasson sans que la moindre parcelle atteigne son bec chevrotant. Je ne connaissais pas encore le nom de Parkinson, mais a posteriori le diagnostic est formel, un cas désespérant. Mes grands-parents me rassuraient sur sa gentillesse, ils lui parlaient comme si elle comprenait tout, ce qui est possible, ils ne la gâtaient pas au point de lui demander d'entrer plus avant, lui pliaient une seconde part de dessert dans un bout de journal, la fourraient dans son sac, et elle repartait comme elle était venue. La Petite Marie semblait heureuse, le dimanche, à Dun-le-Palestel.

Si l'escalier de la gare était notre aire de jeux, celui de la maison nous offrait un terrain de sport, et d'un sport interdit autant par la famille que par le Comité olympique : les barres parallèles obliques. L'épreuve consiste à monter quelques marches d'escalier, se retourner vers le vide, faire glisser ses mains le plus loin possible en avant sur les rampes, vers le bas, et sauter dans l'entrée sans effleurer les marches intermédiaires. Les records personnels sont évidemment proportionnels à la taille de chacun. Outre la peur de se fracasser la tête en bas, de se recevoir sur le cul, ou le risque qu'un élan mal dosé vous fasse lâcher la rampe trop tôt ou trop tard et vous envoie le crâne sur l'arête d'une marche, les difficultés ne manquent pas. L'exercice ne peut se pratiquer avant d'avoir assez grandi pour que la hauteur des épaules, en position verticale, atteigne celle des rampes. A partir de la huitième ou neuvième marche, selon l'âge, la posture de départ dépasse l'horizontale, la tête plus basse que les pieds, et la poussée ne s'exerce plus vers le haut mais vers l'avant. Plus vous êtes grand et plus l'effort est important pour ramasser vos jambes en crapaud afin d'éviter les marches. L'instant de lâcher la rampe se trouve d'instinct mais la moindre erreur vous rétame. Au-dessus de la dixième marche, il vaut mieux laisser la porte d'en bas ouverte et s'offrir toute la terrasse pour amortir l'envol, avec la difficulté supplémentaire d'une marche surnuméraire au passage du seuil. Lorsque vous parvenez au saut final des quatorze marches d'un coup, enfin, vous êtes un homme. A cinquante ans passés, lorsque je suis seul dans la maison de Dun, n'offrant le ridicule qu'à mes propres yeux, il m'arrive de me poster sur la plus haute marche, de laisser glisser mes mains au plus loin sur les rampes et de me dégonfler.

Comme souvent les escaliers, celui-ci marque une pause au palier du premier étage. Palier encombré de six portes, ce qui ne laisse de mur libre qu'un petit pan où accrocher de tout petits Muller. En tournant dans le sens de l'aiguille de l'horloge (mon père avait acheté aux enchères, lors de la succession du père Lefèvre, une horloge assez ancienne pour n'indiquer que les heures de son unique aiguille), on compte par la gauche un, la chambre des grands-parents, deux, celle de la Stella, trois, la porte de la montée au grenier, quatre, la chambre d'Arthur, cinq, la penderie (devenue une salle de bain aveugle), et six, la chambre de ma grand-mère. Des morceaux croisés du même tapis que celui de l'escalier couvrent le sol. Des interrupteurs électriques de porcelaine organisent l'éclairage, dont un va-et-vient qui ignore le chemin du retour, il faut redescendre éteindre et remonter dans le noir, sous les ricanements du monstre de jadis. Sur les marches du bas, nous avions l'habitude de déposer nos chaussures avant d'aller dormir, comme au pied d'un sapin.

10

LE GRENIER

Enfants, nous ne montions jamais au grenier, l'interdit et la peur nous en dissuadaient, la peur surtout, l'interdit à lui seul eût pu nous stimuler. Il faut pousser sur le palier la porte face à l'escalier, la refermer derrière soi afin que ces deux mondes séparés ne se mélangent pas, le monde des vivants et le monde des morts. Dans le cagibi une échelle de meunier à contresens bute sur une trappe, elle s'ouvre sur un crochet où fixer une poulie pour y hisser des charges, il n'y manque que la corde pour se pendre. Au pied de l'échelle, des objets de réforme, des paquets s'ankylosent, dans la crainte de monter chez les morts ou dans l'espérance engourdie de redescendre purger un sursis parmi les vivants. Ils sont déjà nimbés de cette poussière où tous nous retournerons. La penderie, entre la chambre d'Arthur et celle de ma grand-mère, héberge elle aussi cette sorte de colis en partance pour nulle part, mais ils paraissent moins désolés, moins gris, presque heureux d'avoir été poussés là voilà des lustres plutôt que dans l'autre cagibi avec son échelle dressée vers un ciel définitif et lourd d'ardoises menaçantes, ils savent que de leur cul-de-sac on ne ressort que par la grande porte ou on y reste. La penderie abrite les limbes de notre maison, le grenier son cimetière.

J'y suis monté pourtant, ai soulevé la lourde trappe au sommet de l'échelle, l'ai reposée derrière moi. On y trouvait alors le fatras ordinaire qui jonche les greniers ordinaires, un tapis d'écailles d'ardoises détachées du toit en se cassant, remplacées par de fausses, et de coquilles d'œufs tombées des nids, après ou avant l'envol des oisillons, des armoires branlantes, des malles, des monceaux de ferraille que mon grand-père pillait pour les agacer sous la forge, des coffres pleins d'instruments de mesure obsolètes, pieds à coulisse, palmers, compas d'aviation, hygromètre, un baromètre à colonne de mercure, plus loin des cages à oiseaux éventrées, des corps d'horloges vides, une table chargée de vieux journaux, de cartons à dessins remplis de croquis, de frises vaguement grecques, de fusains, les exercices de mon père lorsqu'il apprenait le dessin, signés du nom qu'il m'a donné, des équerres, des réglets, des tés, des pinnules, graphomètres, biveaux, sauterelles. Et cet autre cahier « appartenant à Raymond Quisserne », plus ancien, du temps où sous son nom de bâtard il apprenait à lire à l'école publique de Levallois-Perret.

Je ne connaissais pas alors de Raymond Quisserne, j'aurais peut-être dû descendre le cahier, le montrer à ma grand-mère, demander des explications. M'aurait-elle giflé ? L'aurait-elle jeté au feu continu de la cuisinière, sous la colère du tisonnier ? Se serait-elle effondrée en larmes ? Ce n'était pas son genre. Mais l'idée ne m'en est pas venue, trop occupé à craindre qu'on me tance pour avoir visité le grenier. Plus tard, lorsque nous découvrîmes le fameux livret militaire, j'entraînai mes frère et sœur au grenier pour leur montrer le cahier. Il avait disparu.

Je n'ai jamais osé prononcer devant mon père ce nom de Raymond Quisserne qui fut dix ou douze ans le sien. Je dirai plus loin par quel stratagème, le 7 janvier 1986, je lui fis savoir que je connaissais ce nom. Je lui ai seulement demandé si ce Maurice Harang, qu'il appelait papa devant nous, que nous appelions pépé d'Dun, était son père. Je l'avais d'abord questionné à deux reprises, maladroitement et, à tort, devant ma mère. Elle s'était à chaque fois interposée sèchement, peut-être plus par peur que par méchanceté. Je comprendrais plus tard que seule la panique d'entendre la réponse à une énigme qu'elle-même connaissait sans jamais avoir cherché à la résoudre la poussait à me faire taire, laisse ton père tranquille avec tes histoires. La troisième fois, nous étions seuls mon père et moi dans une automobile étroite que je n'aimais pas, la dernière des cinq qui jalonnèrent sa vie, lancée avec le cliquetis des moteurs à refroidissement par air sur les routes sinueuses du Gers, prisonniers dans ce bocal de tôle et de drap beige, je lui dis ce que je savais de ce Maurice Harang qui lui donna son nom lorsqu'il avait dix ou douze ans. Il me dit de le laisser tranquille avec mes histoires. Mais d'un autre ton, comme soulagé que je sache et que je le dise.

Après, nous nous sommes tus, il restait une douzaine de kilomètres à parcourir ensemble (nous allions récupérer une seconde automobile, bien pire, en rade sur une place de village, et rentrer chacun dans notre véhicule), j'entends encore ce silence qui suivit mon aveu, un aveu qui, au fond, était le sien. Je conduisais, il a secoué sa pipe par la vitre baissée, l'a soigneusement remplie encore chaude de scaferlati supérieur, tiré entre le pouce et l'index d'un paquet bleu qui blanchissait à l'arête de ses plis, il y glissait parfois une carotte pour qu'il sèche moins vite. Je crois bien ne l'avoir jamais vu en une autre occasion bourrer une pipe chaude, cela ne se fait pas. Avant, il fumait du Saint-Claude, dans des paquets de même forme, papier doré, légèrement gaufré et ceint d'une bande marron et rouge décorée d'une pipe qu'on eût dite en chocolat, puis soudain il décida après des décennies de fumée que le Saint-Claude piquait la langue, se mit au bleu qui la piquait aussi. Depuis plusieurs années, parce que j'avais été (à Saint-Claude justement) gardien d'un musée saisonnier de la pipe, où j'appris à fréquenter quelques maîtres pipiers, j'offrais sans cesse des pipes à mon père qui ne les fumait pas. Il préférait téter sa vieille Comoy, qu'il ramonait chaque année à l'aide d'un hérisson à papillon, consciencieusement, au-dessus d'un journal posé sur la table de la salle à manger, une pipe droite, la tête œil-de-perdrix, et la tige de section carrée, raccordée dans sa diagonale. En vérité, il en eut deux du même modèle, la seconde était une Chapuis dont le tuyau se nimbait de blanc au contact prolongé des lèvres. Plus tard, les deux marques se rapprochèrent sous le nom de Chacom. Mon père me rétrocédait les pipes que je lui avais offertes lorsqu'il estimait qu'un délai de décence était écoulé, je les fumais loin de lui, en pensant à lui, je les fume encore. La décence, mon père, c'était toute sa vie. Il n'a jamais dit à personne qui ne le sût qu'un homme à peine plus âgé que lui, à l'orée de la Grande Guerre, lui a donné son nom, et qu'en échange pendant un demi-siècle il l'appela papa.

Notre père était tout, nous l'admirions pour de mauvaises raisons, parce qu'il savait par cœur des vers de Maurice Rollinat, au petit faon délici-eux, d'Albert Samain, « Au flanc du vase », au prétexte que l'un des deux était né natif de Fresselines à deux lieues de la ferme où il vint au monde, d'une fille et mère à la fois, l'espoir ne luit pas toujours comme un brin de paille dans l'étable. On l'avait couché là dans sa crèche, sa mangeoire à bœufs crottés, comme un enfant Judas, fils de fille de ferme, trop blond, trop bleu, trop rouge. Nous l'admirions parce que notre mère l'admirait. Parce qu'il était beau. Parce qu'il construisait des avions, parce qu'il fauchait son champ au dard et suait dans des chemises de lin, parce qu'il buvait dans un verre fin et polissait entre ses doigts un rond de serviette en ivoire. Nous n'avons pas su l'aimer, ou l'admirer parce qu'il était malheureux et ne s'en vantait pas. Nous n'avons pas su, personne, le consoler.

Plus tard, il demanda à mon petit frère (c'est la seule chose qu'il nous demanda, à part de ne pas mettre nos coudes sur la table et de ne pas siffler dans la maison) de lui rapporter de Thaïlande une défense d'éléphant. Ce qu'il fit. Elle est petite, luisante et polie et trône sur le téléviseur de sa veuve, l'air d'un godemiché sur son reposoir. Nous n'avons pas su le consoler.

11

L'HOSPICE DE DUN

Sans l'ombre d'une vocation, j'ai commencé à écrire dans le quotidien *Libération* en 1978, en tant que lauréat d'un concours de circonstances et correspondant à Toulouse. Mes parents furent déçus de me voir abandonner une carrière d'enseignant que je n'avais fait qu'effleurer. Ils voyaient ma participation à cette feuille gauchiste comme la continuation par d'autres moyens d'une paresse revendiquée sous couvert d'activisme politique. Ils ont longtemps refusé de croire qu'on pouvait gagner sa vie en écrivant des sottises, moi aussi.

Le 7 janvier 1986, *Libération* publiait un texte signé de mon nom :

DAM-ET-ÈVE N'IRA PAS AU PARADIS

L'assassin de l'hospice de Dun a été abattu hier matin par les gendarmes dans la forêt de Naillat. Michel Maheux était connu sous le sobriquet de Dam-et-Eve parce qu'il prétendait n'avoir pas de nombril.

Dun-le-Palestel (envoyé spécial) – Je connaissais l'assassin. Il se trouve que pour cause de circonstances privées que la déontologie me dispense d'exposer ici, je connaissais Michel Maheux, l'assassin de l'hospice de Dun, Creuse (voir *Libération* des 3 et 4 janvier 1987). Tout au moins, je connaissais Dam-et-Eve, que tout le monde prononçait Dan'iève, sans savoir que Dam-et-Eve avait un nom, Michel Maheux. Et déjà tout petit, l'on m'avait appris à m'en méfier, sous prétexte qu'il n'était peut-être pas pour rien dans le suicide du Russe blanc, celui qui cultivait les chrysanthèmes et qu'on avait trouvé pendu un soir de Toussaint dans son hangar. Le Russe avait un orteil tranché que l'on n'a jamais retrouvé. Ça ne pouvait être que Dam-et-Eve. Car Dam-et-Eve, c'est comme ça, c'est celui que l'on soupçonne de tout, et cette fois, si c'est lui, cela justifiera a posteriori toute une vie de bouc émissaire.

Mais revenons aux faits : dans la nuit du 31 décembre au 1er janvier, dite nuit de la Saint-Sylvestre, on a découvert dans la maternité et la salle de garde de l'hospice Raymond-Quisserne les corps sanglants de trois employés de l'établissement. Marie Fournier, 53 ans, de garde ce jour-là, eut le visage éclaté par une cartouche tirée à bout portant. Elle est morte sur le coup. Et ses collègues, les sœurs Audoucet, luttent encore pour la vie, contre la mort, au CHU de Limoges.

On peut aujourd'hui reconstituer le processus qui conduisit à la découverte des crimes, et les enquêteurs à soupçonner le docteur Coty. C'est en effet Marie Fournier elle-même qui téléphona au docteur Coty, le directeur de l'hospice, alors qu'il réveillonnait chez les Genevoix, pharmaciens bien connus à Dun pour, dit-on, leur habileté à « *faire et défaire les conseils municipaux* ». Il ne semble pas pourtant que le drame ait quelque incidence politique.

Le docteur Coty, éprouvé par 48 heures de garde à vue, les traits tirés, la veste de chasse fripée par une nuit sans sommeil, raconte : « *Marie Fournier était affolée, elle m'a dit : " Venez vite docteur, Dam-et-Eve a poignardé les sœurs Audoucet. Il se cache dans le bâtiment de la maternité, j'ai peur. " Elle était complètement affolée, je savais que la maternité était vide (il n'y avait pas eu de naissance à Dun depuis plusieurs mois), mais nos 18 vieillards étaient en danger. Le coup de téléphone a, comme par miracle, dissipé en moi toutes les vapeurs du réveillon. J'ai appelé la gendarmerie et en trois minutes, j'étais sur place. Nous avons attendu plus d'une heure le Samu de Limoges, les sœurs Audoucet perdaient tout leur sang, l'hospice n'est pas équipé pour les urgences.* »

Mais entre-temps, les gendarmes de ce petit chef-lieu de canton de la Creuse arrivaient sur place et trouvaient le docteur Coty, une carabine à la main, penché sur le corps sans vie de Marie Fournier. Marie Fournier qu'ils croyaient vivante puisque, selon la version du docteur, elle avait elle-même donné l'alerte. Comme on le sait (voir *Libération* d'hier), le docteur a été aussitôt gardé à vue dans les locaux de la gendarmerie. Michel Maheux, le fameux Dam-et-Eve, que Marie Fournier aurait désigné, restait introuvable.

Avant-hier, on fit venir une sage-femme de Guéret pour procéder à l'inventaire, car seule elle et le docteur Coty pouvaient dire ce qui y manquait ou non. C'est dans ces trois pièces du rez-de-chaussée, complètement mises à sac, que l'on avait trouvé les sœurs Audoucet. La sage-femme finit par découvrir et avouer qu'il manquait à l'inventaire cette boîte en fer-blanc qui contint jadis des gâteaux secs et dans laquelle le docteur et elle-même jetaient depuis la guerre, pliés dans du papier de soie, les petits bouts de cordons ombilicaux qui sèchent pendant quelques jours sur le ventre des nouveau-nés. Il y avait là-dedans toute une génération de nombrils de Dunois, à l'exception de quelques-uns que des parents fétichistes réclamaient pour Dieu sait quelle cérémonie.

Il faut être un vieux Dunois pour comprendre pourquoi un vol de nombrils conduit inéluctablement sur la piste de Michel Maheux. Il faut au moins avoir connu l'abbé Gandat qui fut curé du lieu jusqu'en 1966. L'abbé Gandat avait la manie (et le talent) de donner des sobriquets à ses paroissiens. Ainsi, les fils Glénisson devinrent pour la vie « Mardi Gras » et « Vendredi Saint » sous prétexte que l'un était aussi gros que l'autre maigre, et l'on dit que ces surnoms ne sont pas étrangers à la mauvaise réussite commerciale de Mardi Gras qui était tailleur et de Vendredi Saint, boucher chevalin. Et c'est encore l'abbé Gandat qui surnomma Michel Maheux « Adam-et-Eve », ce qui, usé par l'accent de la Marche, devint Dam-et-Eve, puis Dan'ièvе, évoquant plus le lièvre que la Genèse.

Lorsque le petit Michel vint au monde, il était le neuvième enfant de Jeanine Maheux, qu'on appelait « la Jeanine » et qui tenait cœur ouvert à tous les hommes du canton, au moins tous ceux que le gros rouge ne rebutait pas. Elle avait l'habitude de donner à ses fils le prénom du père qu'elle leur supposait et les chérissait comme des princes. Mais de Michel, elle ne voulut point. Il était trop brun, trop crépu, la peau trop mate. Elle l'appelait « le bâtard », et c'est le secrétaire de mairie qui choisit de le prénommer Michel parce qu'il fallait bien se décider.

Un jour qu'elle avait bu, pendant la grand-messe, elle fit scandale en gueulant que le bâtard n'avait ni père ni mère et qu'il était tombé entre ses jambes sans qu'aucun cordon ne le retienne à elle. Et pour preuve, elle relevait le pull du petit afin que tout le monde constate qu'il n'avait pas de nombril. Mais dans l'obscurité de l'église, cela ne prouvait rien. Les paroissiens commençaient à gronder et, pour récupérer l'affaire, l'abbé Gandat monta en chaire. Dans une homélie brillante, il expliqua qu'Adam et Eve non plus n'avaient pas de nombril et que ça ne les avait pas empêchés de faire une belle carrière. Et voilà pour l'éternité un petit garçon noiraud affublé du sobriquet de Dam-et-Eve.

Dam-et-Eve grandit sans heurt, plutôt bon élève, et apprit à greffer les roses. Il rendait des services potagers dans tout le canton et au-delà. Mais le Dam-et-Eve que la guerre d'Algérie nous rendit n'était plus le même homme. Il devint taciturne et se retira du monde. Et voilà vingt-cinq ans qu'il vit dans les bois, en costume de camouflage. Il vient en ville les jours de bal, le visage pâle, sans boire, toutes les trente secondes il s'accroupit et mime un tir de mitraillette. Il vend des châtaignes et du houx.

On le toléra longtemps, puis on finit par le craindre et enfin par le haïr. On ne chercha jamais à prouver quoi que ce soit, mais on l'accusa de tout, des incidents de culture, des moutons égorgés et même du mauvais temps. Et lorsqu'on trouva près du Russe blanc pendu une lettre d'amour déchirante où il expliquait son geste, on a dit et on croit encore vingt ans après que c'est Dam-et-Eve qui avait fait le coup (parce qu'au Russe, il manquait un orteil). On ne peut rien contre les religions collectives.

Pardon pour cette longue parenthèse, mais il fallait que vous sachiez quel genre d'homme les gendarmes de Dun ont cherché dans la forêt toute la nuit de lundi à mardi. Ils l'ont trouvé près de Naillat, en suivant les traces dans la neige entre les châtaigniers. Deux inspecteurs en pardessus et le docteur accompagnaient les gendarmes. Dam-et-

Eve avait là une de ses quatre ou cinq cabanes coquettes et presque confortables qu'il habitait dans la forêt au gré de ses cueillettes. Un inspecteur a dit dans un porte-voix : « *Sortez M. Maheux, vous êtes cerné.* » Dam-et-Eve est sorti et il a tiré. Les gendarmes ont riposté et lui ont criblé l'abdomen de balles. Enfin, ça, c'est la version officielle, je n'y étais pas. C'est ce que le seigneur de Chabanes aurait appelé une vérité de la police.

La mort de Maheux met un terme à l'œuvre de la justice et l'on ne saura jamais dans quelles circonstance et pour quelle résistance Marie Fournier a trouvé la mort et les sœurs Audoucet des coups de poignard au ventre la nuit de la Saint-Sylvestre à l'hospice de Dun. Il faudra attendre les résultats de l'autopsie si Dam-et-Eve avait ou non, au beau milieu du ventre, la trace d'un cordon que sa mère ne voulut pas admettre.

C'était donc signé Jean-Baptiste Harang et suivi d'une note :

Hier, en fin de journée, un communiqué du CHU de Limoges annonçait que les jours des sœurs Audoucet n'étaient plus en danger.

Cette histoire est inventée. Non pas l'article, il fut réellement écrit, et publié ce 7 janvier 1986. Mais il était daté du mercredi 7 janvier 1987, du temps où *Libération* faisait des farces à ses lecteurs. La rédaction en chef du journal avait eu l'idée saugrenue et ludique de rédiger un supplément antidaté d'un an pour fêter l'année nouvelle. Je crois me souvenir (je n'ai pas le journal en main) que l'événement du jour était une prise d'otages dans un camp de vacances en Thaïlande où se trouvaient prisonniers des gens aussi incompatibles que Simone Veil et Jean-Marie Le Pen, je me rappelle qu'il avait été écrit avec une joyeuse vraisemblance (après un séjour sur place) par Sorj Chalandon. Le directeur de la rédaction m'avait demandé de raconter un fait divers. Pressé par le temps (je partais le jour même en reportage au Portugal), je rédigeai sans trop y réfléchir ce qu'on vient de lire.

Tout cela passa inaperçu mais fit grand bruit à Dun et alentour. Ce journal étant peu distribué dans les campagnes, seules des photocopies de l'article circulèrent auxquelles il manquait l'explication du canular, donnée dans une autre page. Passé le temps de la panique due à l'importance de l'affaire pour un si petit bourg (on se rendit vite compte que tout allait bien à l'hospice de Dun), on se mit à dégoiser sur l'histrion qui avait bien pu se laisser aller à tant de mauvais goût. Trop de noms propres et d'allusions à de petites vérités locales trahissaient une imposture de proximité. Le nom de Harang n'était pas inconnu dans la place (mon grand-père y avait tenu, comme on sait, la gare, le taxi et le tambour du garde champêtre), si bien que mes parents, retirés dans la Nièvre, finirent par en recevoir une copie, commentée au téléphone par les bonnes et les mauvaises langues du voisinage dunois.

A l'exception du nom de Michel Maheux, emprunté pour l'occasion à un ami d'alors, tous les personnages de l'article portent des noms de Dun, dont certains figurent dans d'autres pages de ce récit (Marie Fournier est le nom de la Petite Marie), ou de la part nivernaise et maternelle de l'histoire de ma famille (l'abbé Gandat, Mardi Gras et Vendredi Saint, la Jeanine). J'avais fait au plus vite, m'amusant un peu à tordre et emmêler des souvenirs bénins, assez peu convaincu de la pertinence de l'entreprise et incertain du droit moral que je m'octroyais d'y entraîner des noms qui me sont familiers mais appartiennent à d'autres. La seule audace privée dont j'eus conscience dans ma hâte fut de donner à l'hospice le nom que mon père porta pendant ses dix premières années, Raymond Quisserne, et j'en attendais, la redoutant et l'espérant à la fois, une réaction plus explicite que ses précédents silences.

Elle vint. Lorsque je revis pour la première fois mes parents après mon incartade, ils me mirent sous le nez une copie de l'article où chaque nom propre était souligné. Ils étaient heureux. Ils reprirent la liste avec moi, déclinant pour chacun des anecdotes qu'ils étouffaient dans un rire, se moquant parfois de telle ou telle réaction recueillie au téléphone, trouvèrent tout à fait touchant d'avoir mêlé des histoires de Dun à d'autres de la Nièvre, ma mère se lança même dans une imitation mimée de la claudication de l'abbé Gandat dont elle m'apprenait le décès. Deux noms leur restaient en travers de la mémoire : ce Michel Maheux (je leur dis d'où je le tenais) et ce Raymond Quisserne. Tous deux à l'unisson, comme s'ils avaient répété, déclarèrent : « Il n'y a jamais eu de Raymond Quisserne », déclinant pour preuve une demi-douzaine de Quisserne qui ne sont pas Raymond et une autre de Raymond qui ne sont pas Quisserne. Malgré leur aplomb et l'évidence de leur bonne foi, aucun des deux ne pouvait l'ignorer, à moins que la force du refoulement ne l'emporte sur celle des glaciers.

Je n'ai rien su dire. Ou n'ai pas eu le courage de dire. Le courage ou la grossièreté, après tout, le message était clair, ni l'un ni l'autre, celui qui sait et celle qui ne savait peut-être pas, ne voulait entendre parler de ce Raymond Quisserne, ni en dire quoi que ce soit. Je n'avais pas d'arme, et pas le goût d'en découdre, j'avais ouvert une porte sans y être invité et personne ne la franchit. L'hospice de Dun-le-Palestel, anciennement Dun-le-Palleteau, n'a jamais porté le nom d'un Quisserne, il s'appelle hospice Bazenerye, où « seront reçus et soignés gratuitement, dans la mesure des ressources de l'établissement, les malades indigents de la commune, atteints seulement de maladies temporaires », comme le stipule le testament de Pierre Théodore Bazenerye, qui fit don de sa maison à la ville, ainsi que d'une propriété dont les revenus répondraient aux besoins de l'hospice. En échange, il exigeait d'y être enterré et que l'établissement portât son nom. Bazenerye était né à Dun en 1788, mort à La Châtre en 1871, entre-temps il avait mené une belle carrière de magistrat sous le sobriquet de « Tripes sèches », qui en dit long sur sa mansuétude. L'hospice est desservi par les sœurs de la Charité du Verbe incarné, il a été fondé en 1892.

A recopier l'article écrit il y a près de vingt ans, c'est ma propre inconscience qui appert. J'avais cru me débarrasser à bon compte d'une farce imposée, et faire le malin à y glisser un nom qui m'encombre moins que celui qui le porta. Pas besoin d'un grand divan pour voir dans ce texte, et à plusieurs reprises, le mot « bâtard » dont sur le moment la présence ne m'avait pas gêné sur la même page que le nom de mon père enfant. Pour lire là une fable contre l'absence et le déni de paternité, celle que mon père ne reçut pas lorsqu'il était un fils, celle qu'il exerça avec si peu de conviction lorsqu'il devint notre père. Sans compter ce nom d'Adam, l'homme sans origine, qui est aussi celui que la sœur de papa reçut par mariage, pour se délivrer du seul nom de sa mère, Quisserne, en épousant Gédéon Adam. Je ne sais pas si ce que je découvre dans ce pauvre texte, vingt après que mon père l'a lu, lui apparut alors. Il aurait dû me gifler, lui aussi. Ou fondre en larmes. Il n'a pu que serrer encore plus fort la pierre contre son cœur. La douleur.

Et, comme un parjure : « Il n'y a jamais eu de Raymond Quisserne. »

12

SAGNAT

Mon père est né le 14 juillet 1902 à Sagnat, petite commune du canton de Dun-le-Palestel. Paysage de bocage ombreux, église romane signalée, que l'on apprécie pour son âge et sa simplicité désertique et délabrée, sa mairie et son école minuscule, la Brézentine, rivière à gardons rétifs, son gué à l'arrière du village, drainé par les entraves des bœufs de labour. Un château qui n'est qu'une grosse maison bourgeoise entièrement recouverte de vigne vierge et que je n'ai jamais vu ouvert. On sentait alentour un respect mystérieux et vaguement hautain pour cette absence quasi seigneuriale, comme si l'on eût mieux mérité que les propriétaires vinssent parfois.

J'entendais dire que ces gens-là s'appelaient Bevilacqua. Ce nom qu'enfant je n'osais répéter, de peur de l'écorcher, de peur qu'il ne m'apporte le malheur, sonnait à mes oreilles comme celui d'une terre inaccessible. Bien plus tard, lorsque j'entendis Christophe chanter qu'il était le dernier des Bevilacqua, je sus que c'était vrai.

A l'arrière du château dont la façade regarde l'église, un jardin de buis taillés se transforme en pelouse jusqu'aux portes du cimetière, pourtant éloigné d'un petit kilomètre, et jusqu'à la ferme du Theuil. Le cimetière de Sagnat reçut longtemps le repos éternel des Dunois, tant que le chef-lieu de canton ne fut pas une paroisse.

Mon père est né au Theuil. Il est enterré dans le cimetière juste de l'autre côté de la route. Il a mis un peu moins de quatre-vingt-huit ans pour parcourir ces cinquante mètres de vie, du Theuil au Theuil. Ça ne fait pas une grosse moyenne. Avec des arrêts et des détours par Levallois, par Le Riot, le 70 puis le 72 avenue de la Grande-Armée, Dun, Pougues-les Eaux, la rue Denis-Poisson, Le Riot de nouveau et le

Theuil enfin, RIP sous les graviers blancs d'une tombe dont l'ambition familiale est un mensonge, entre beau-père et mère.

Je ne sais pas pourquoi mon père est né au Theuil, cette ferme immense aujourd'hui désolée qui n'appartenait pas à la famille, peut-être à la famille bourgeoise de celui qui savait être son père, peut-être ma grand-mère y était-elle fille de ferme, engrossée par inattention ? Je ne sais pas, je me souviens y être allé quelquefois, enfant, un demi-siècle après la naissance de mon père, pour la batteuse, les fêtes de la batteuse. Il y restait des chevaux dont on utilisait la force, la batteuse était mue par un tracteur à vapeur qui lui transmettait sa puissance à l'aide de courroies de cuir plus larges que la main et dont la couture giflait l'air à chaque tour dans un brouillard de bale, des tables immenses montées dehors à désespérer qu'il pleuve, des fours béants à enfourner des basses-cours entières, un accordéon, des sabots de bois, des tabliers noués dans le dos des servantes. Je n'ai aucun souvenir de la place qu'y tenait mon père, ma mère était son épouse, elle n'aidait pas, c'est le seul endroit du monde où elle n'aidait pas, et lui se débrouillait pour ne jamais crotter le bas de son pantalon. On le regardait comme un Parisien, vaguement éméché (son œil brillait un peu, il fallait le savoir), il évoquait son enfance avec un cousin Georges dont je ne sais rien d'autre, des chevauchées à cru sur de lourds percherons, un grand lit partagé, plus haut que large, étouffé d'édredons, des parties de pêche sans le moindre adulte à l'horizon, une moto Norton à transmission par courroie, comme la batteuse. Tout le monde autour avait l'air d'en savoir bien plus long que lui mais on le laissait dire. Il semblait heureux, il semblait ailleurs. Il existe quelques photographies de ces fêtes du Theuil, des images anciennes que j'ai pu apercevoir et que je ne reverrai plus.

Notre père ne nous ressemblait pas. Il ne ressemblait à personne de la famille, pas à ma mère bien sûr, je dis bien sûr, mais je crois que c'est ce qui me choquait le plus, qu'il ne ressemblât pas à sa femme, qu'ils soient même si opposés, par le sexe d'abord. Je veux dire qu'ils n'étaient pas du même sexe, non pas que leurs pratiques ou absence de pratiques sexuelles les opposassent, je n'en sais rien, je peux supposer qu'elles les réunissaient plutôt puisqu'ils eurent quatre enfants, et je dois préciser que mon étonnement à voir mon père si peu ressemblant ne me fit jamais douter de sa paternité à notre endroit. Mon père et ma mère n'étaient pas du même sexe, pas du même âge (elle a quinze ans de moins que lui), pas du même monde, il était fils de concierge, elle est fille de métayers, elle est brune aux yeux noisette, il était blond aux yeux bleus. Il était grand, nous étions petits.

Seul mon frère aîné, blond et bouclé, lui ressemblait un peu, ils finirent par avoir la même taille et la même pointure sans que cela leur permît jamais d'échanger leurs souliers, mon père s'obstina pendant près d'un siècle à les porter trop courts, les pieds renfrognés comme des poings. C'était une ressemblance forcée, calculée, étudiée pour faire vrai, je n'en croyais pas un mot, pire, je pensais que mon frère trahissait le reste de la famille en osant ressembler à notre père. Mon père ne ressemblait à personne qui lui fût proche, ni à sa mère, ni à aucun membre de sa parentèle que j'ai connu, des cousins, des cousines, même des tantes, ni à sa sœur qui fut toujours plus âgée que lui, presque trop âgée pour être sa sœur, pas le moindre air de famille. Sur les photos, celles qu'on nous autorisait à voir, après que ma mère en eut trié l'immontrable, d'autres ensuite, rescapées de cette censure, à la mort de mon père, il était toujours à part, unique, clair, dépassant les autres d'une tête, élégant, l'idée que je pouvais me faire d'un prince américain, si cela existe. Il semblait heureux d'être photographié parmi les pauvres, parmi les siens, souriant, vaguement absent, inconscient de son air de cygne dans une couvée de canards. Il semblait en visite, l'air d'un explorateur bienveillant au pays des Pygmées creusois puisque la plupart de ces photos ont été prises dans la Creuse. A celui que je connus pour être mon grand-père, Maurice Harang, qui le fut vraiment pour moi même s'il ne fut pas un père pour le mien, il ne ressemblait pas non plus.

Ma grand-mère paternelle fut d'abord concierge à Levallois, avant de poursuivre sa carrière, c'était une promotion, j'ignore comment elle l'obtint, au 70 avenue de la Grande-Armée, côté pair donc, côté ensoleillé. En 1902, à la naissance de mon père, elle avait déjà une fille, Marcelle, qui fut ma marraine, d'au moins dix ans l'aînée de mon père, peut-être quinze. Ces deux enfants ne furent pas élevés ensemble, j'imagine que la fille, fruit d'un péché plus grand que le garçon (la mère était si jeune), fut gardée au village, à la ferme, au Theuil, sur les lieux du forfait où le père, peut-être un brave type, pouvait en suivre de loin la croissance, voire participer à son éducation par quelque aide ou don. Je ne l'ai connue que vieille, soixante ans et plus, à mon baptême qui fut célébré dans le pays de ma mère, celui de ma naissance et où ma marraine ne remit jamais les pieds. Elle avait donc épousé un ébéniste moustachu, malicieux et bougon, tout petit, Gédéon Adam. On l'a dit.

Ma grand-mère, fille mère, fut placée loin de sa fille dans un atelier de couture,

Dieu sait où, peut-être en Normandie, à Argentan, une localité dont le nom circule dans mes souvenirs, plutôt lié à celui dont je porte le nom, pas le sang, Harang. Maurice Harang est né à Argentan. Je ne sais pas.

Je sais que mon père, comme sa sœur, naquit au Theuil, ma grand-mère n'y vivait pas, elle y venait, pour voir sa fille, ou pour y accoucher, ces voyages de cent lieues à cette époque ne se faisaient pas pour rien, ni sans mal. Je sais que la guerre de 14 l'a prise à Levallois. J'ignore quand elle rencontra Maurice Harang, et comment, et où, à Argentan, donc, en Normandie ou à Paris. Je sais qu'ils se marièrent lorsqu'il fut envoyé à la guerre (curieusement, mon père disait « au front » en ce qui concerne la Grande Guerre, et « à la riflette » pour celle de quarante, comme si elle méritait moins de respect). Ils se marièrent comme beaucoup lorsque le mâle était mobilisé, puisque cette guerre était destinée principalement à fabriquer des veuves et que seules les épousées pouvaient prétendre à une pension. A peine mobilisé, on devait penser au risque de mourir, se marier devenait une précaution à prendre afin de laisser une veuve dotée. Il lui fallut, au grand-père, reconnaître d'urgence la progéniture de sa promise avant de l'épouser. Ce n'était pas une petite affaire, car il était exclu de se soustraire au mariage religieux. Et pour y prétendre on devait baptiser les enfants qui ne l'étaient pas, et les mettre en règle selon l'âge avec le cursus religieux de la première communion jusqu'à la grande en passant par la confirmation (plus compliquée car il fallait dépêcher un évêque). On avait inventé, à Levallois mais peut-être ailleurs, il n'y a pas de raison, une formation accélérée pour rattraper ces retards, mon père aimait rappeler qu'il était diplômé de l'Ecole des Deux Catés, un cours supersonique de religion qui permit à ses parents de se marier religieusement avant de ne pas mourir à la guerre. En une année il boucla baptême, petite et grande communion, fut reconnu par son père adoptif, et tint la traîne de sa mère le jour de son mariage. Elle n'eut certainement pas de traîne, on la prenait pour une traînée. A Levallois, ma grand-mère était concierge rue Victor-Hugo, non loin de l'endroit où elle croise aujourd'hui la rue Jean-Jaurès, mais Jean Jaurès était encore vivant lorsqu'elle prit la loge, il se fit tuer peu avant qu'elle la quitte.

Entre 1962 et 1964 j'ai souvent traversé Levallois par le milieu, tout au long de la rue Anatole-France qui la saigne à hauteur du métro. A l'époque, je ne savais rien de ces choses, ni que mon grand-père n'était pas mon grand-père, ni que mon père changea brutalement de nom à l'âge de dix ans, de nom et de prénom, ni que sa sœur ne put l'accompagner dans ce bouleversement d'identité, je savais seulement que sa mère (elle était encore en vie, à plus de quatre-vingt-dix ans) y fut concierge, et qu'ils y furent heureux, à deux, ou trois, ou quatre, allez savoir. C'est sur ce trajet que j'appris la mort de Kennedy, dans nos âges, tout le monde se souvient où il se trouvait lorsqu'il apprit la mort de Kennedy. Un matin, j'avais pris le métro, je lisais la nouvelle sur les journaux trop grand format que les ouvriers de Citroën tentaient de déplier dans la cohue en attendant le terminus, Pont-de-Levallois-Bécon, où ils s'engouffraient dans l'usine. Je devais encore traverser la Seine jusqu'à l'école Montalembert, à Courbevoie. Même mort Kennedy avait quinze ans de moins que mon père, comme ma mère, je n'en revenais pas, quinze ans de moins et il était déjà président des Etats-Unis, et même mieux : déjà mort.

Lorsque ma grand-mère obtint la loge du 70 avenue de la Grande-Armée, mon grand-père avait installé un petit atelier au fond de la cour et mon père habitait une chambre de bonne au sixième étage. Peut-être mon cousin Arthur en occupait-il une autre, et leur cousine Simone une troisième. Mademoiselle Pons, dont je sus bien trop tard qu'elle fondait d'amour pour mon père, plus jeune qu'elle mais si beau, habitait au même étage un petit deux-pièces. Elle y monta d'arrache-pied sans ascenseur jusqu'à ses quatre-vingts ans. Elle était secrétaire chez Singer et parlait l'anglais, elle portait un béret et un vanity-case en carton bouilli, haute comme un enfant de chœur, elle avait le visage lunaire et bridé d'une Coréenne. Elle était d'Agen même. Seul garçon vraiment brun de la famille (un blond lui eût porté malheur), je fus commis chaque Premier Mai pour lui monter un brin de muguet sans lequel, par superstition, elle ne serait jamais plus sortie de chez elle. Elle resta un demi-siècle l'amie de la famille, jusqu'à ce que ma mère découvre les lettres d'amour qu'elle avait adressées à mon père. Nous habitions alors au 72, dans le petit trois-pièces que mon père avait loué jeune homme. Les deux immeubles partagent la même cour, divisée par la loge de la concierge du 72, Madame Lauzac.

Je pourrais décrire très précisément cet appartement que j'ai habité de l'âge de trois à neuf ans, à l'exception de mes séjours en Creuse. J'ai retrouvé, il y a une dizaine d'années, dans un almanach sauvé du grenier de ma mère, un plan sur papier-calque de la main de mon père. Etrangement, ce plan immuable et précis ne ressemble pas au logement de mon enfance, il a été dessiné vingt ans plus tôt lorsque mon père l'occupait en célibataire. On y voit le projet du cabinet de toilette qu'il réalisa un peu plus tard (pour en interdire l'accès à quiconque), celui du cosy qui entoure le lit qui n'attendait pas ma mère, et de l'armoire sous laquelle disparut mon Nouf-Nouf, bref, ce plan nous exclut.

Quelques années plus tard, mon père offrit à ses parents une maison à Dun-le-Palleteau.

13

SAGNAT (EXTRAIT)

J'aurais pu y penser plus tôt, mais ce n'est qu'après qu'il fut mort et enterré que je demandai à la mairie de Sagnat un extrait de naissance de mon père. Je reçus par retour de courrier un morceau de photocopie découpé aux ciseaux, tout en largeur, le titre est illisible, ainsi qu'une référence en haut à droite, et quatre ajouts ne se déchiffrent qu'à la loupe. En haut à gauche, il porte le numéro 6, le nom de Quisserne Raymond Roger en lettres chantournées et un tampon « République Française » où figure une allégorie de Marianne en toge, une hampe sans drapeau à la main droite et une balance dans la gauche qu'elle lève à la hauteur de ses yeux, ce tampon a des airs de timbre fiscal, « 2 F., 2/ièmes en sus », on devine au pied de la dame le nom du graveur (Ongime ?) et un nombre microscopique à six chiffres.

La partie principale, avant les quatre ajouts marginaux, est majestueuse, en partie imprimée, et les blancs remplis d'une écriture ourlée, d'une plume adroite à respecter pleins et déliés :

L'an mil neuf cent deux et le seize du mois de juillet à huit heures du matin pardevant nous Jeanrot François, Maire et Officier de l'état civil de la commune de Sagnat, canton de Dun-le-Palleteau, département de la Creuse, est comparue la nommée Quisserne, Marie, Adèle, sans profession, âgée de vingt-huit ans, domiciliée à Sagnat, en cette commune. Laquelle nous a présenté un enfant de sexe masculin né le quatorze juillet à deux heures du soir à Sagnat, en son domicile, fils de la déclarante qui nous dit le reconnaître pour son fils naturel et de père inconnu et auquel elle a déclaré donner le prénom de Raymond Roger, lesdites déclaration et présentation faites en présence des sieurs

Marsaud Pierre Paul, cultivateur, âgé de trente-huit ans, et Coudoin Frédéric, garde particulier, âgé de trente-trois ans, tous deux oncles de l'enfant, domiciliés séparément à Sagnat, en cette commune. Et, lecture faite du présent acte, les déclarants ont signé.

Les signatures sont lisibles : le maire, Jeanrot, Marsaud, Coudoin, Quisserne Marie.

Premier ajout marginal manuscrit

Par acte de reconnaissance dressé en la mairie d'Argentan (Orne) le cinq janvier mil neuf cent douze, M. Harang Maurice Louis Charles a reconnu pour son fils Quisserne Raymond Roger dont la naissance est constatée dans l'acte ci-contre. Dont mention faite par nous maire de Sagnat le quinze avril mil neuf cent douze.

Signé E. Billardon

Deuxième ajout

Légitimé par le mariage de Maurice Louis Charles Harang et de Marie Adèle Quisserne célébré à Levallois-Perret le vingt-sept octobre mil neuf cent quatorze. Le premier juin mil neuf cent dix-huit, le maire, E. Billardon.

Troisième ajout

Marié à Paris XVIIe arrondissement le deux mars mil neuf cent quarante-trois avec Denise Juliette Franc. Le huit mars mil neuf cent quarante-trois, le président de la délégation (signature non déchiffrée).

Quatrième ajout

Décédé à Corbeil-Essonnes (Essonne), le 5 janvier 1990. Mention faite le 16 janvier 1990, le maire, Quisserne.

Je garde par-devers moi ce document depuis plus de dix ans, et aujourd'hui que je le recopie, je découvre que le dernier nom qui y fut apposé, celui du maire de Sagnat au temps de la mort de mon père, est le même que le sien, celui qu'il a voulu taire, celui d'un probable parent. Quisserne.

Ce qu'on vient de lire n'infirme pas tout ce qui précède, le gauchit peut-être un peu, pointe des erreurs. Les dates, les âges, les noms, la force de l'écrit, j'ai voulu dire une histoire à la seule lumière de ma mémoire, et le peu que j'ai à portée de main, ne pas chercher à retrouver ce que j'avais vu, ni photographies, ni personnes, ni lieux (je n'ai pas visité la maison de Dun depuis que je prends ces notes), je n'ai pas interrogé ma mère qui ignore ces pages, ni mon frère aîné qui a vécu quatre ans plus longtemps que moi, le vivant de ces morts. J'ai peut-être eu tort au regard d'une vérité que plus personne ne sait entière. J'ai préféré ma paresse, la solitude ouatée des souvenirs obliques. Qu'importe : on n'écrit jamais que sur soi.

Puisqu'ils sont là, les deux témoins des présentation et déclaration en mairie, les sieurs Marsaud et Coudoin, donnés comme les oncles de l'enfant né, disons ce qu'ils nous apprennent. Si l'enfant n'a pas encore de père, et s'ils ne s'appellent pas Quisserne comme la mère, ils ne peuvent être que les époux de ses sœurs. Arthur, notre Arthur, le cousin Arthur, s'appelait Coudoin, comme ce Frédéric Coudoin qui peut être son père et en ferait ainsi le cousin germain du mien. Et ce Pierre Marsaud, on peut le croire père de René Marsaud que l'on verra bientôt à l'enterrement de mon père. Un autre cousin germain, celui qui dira le secret. Le document nous dit l'âge de mon père quand il devint Roger Harang, dix ans, pas douze.

14

LA CUISINE

La cuisine de Dun était le centre du monde. Et ma grand-mère régnait sur ce monde. Au centre de ce centre du monde une table aux pieds trop frêles qui me sert encore aujourd'hui, dans mon mi-temps parisien, de table de salle à manger, mais elle ne se souvient de rien. Elle était rectangulaire et immuable, les pieds presque collés dans leur empreinte au sol par les reliefs que le balai rassemblait autour d'eux, une toile cirée clouée à la pointe de tapissier sur tout le pourtour, une toile aux motifs écossais à dominante bleu pâle, ou de roses enguirlandées autour de claies en éclisse d'osier en trompe l'œil, ou variation gris et bleu sur des brocs, pichets, plats à barbe, ou saucière en étain, ou bien un damier de petits carrés acidulés comme des mosaïques de Briare. On ajoutait une nouvelle toile tous les dix ans, impossible de décoller l'ancienne. La table est devenue carrée, puisqu'on a découvert en voulant s'en débarrasser qu'elle était en son milieu augmentée d'une rallonge, brute de bois et branlante. J'ai appris à écrire de la main droite sur cette table où, cinquante ans plus tard, j'écris encore.

La toile cirée s'usait au coin sud-ouest plus qu'ailleurs, à la place de ma grand-mère qui ne la quittait guère, en face du foyer de la cuisinière, toujours ouvert, et qu'elle pouvait garnir sans quitter sa chaise en se tournant pour attraper les bûches en vrac dans le coin de la pièce entre le fourneau et l'armoire. Une cuisinière Rosières couleur de pain d'épice, de taille moyenne mais complète, avec son four, ses cercles de fonte concentriques qu'on enlève au tisonnier pour les ajuster au cul des cocottes, un réservoir d'eau chaude et son robinet de laiton (hors d'usage), son cendrier. A droite du foyer une petite paillasse, puis un évier profond au robinet unique. Sous l'évier un placard à deux ouvrants, poignées de tôle emboutie, cachait une lessiveuse galvanisée qui servait de poubelle. Sous la fenêtre on avait installé un pare-feu de grillage encadré de laiton, à trois vantaux, qui réservait un espace de convalescence pour les pigeons blessés qu'on soignait à la mie de pain trempée de lait. De l'autre côté de la fenêtre, un meuble fixe montait au plafond et contenait tout ce qui ne trouvait pas de place ailleurs, on pouvait y pendre des vêtements, pousser des chaussures dans son rez-de-chaussée, y dissimuler les cabassons de bois plein, aux côtés trapézoïdaux, à anse de noisetier, qui faisaient la navette entre le bûcher et la cuisine, il était mal clos d'un rideau en toile à matelas rose et gris. Sur le mur est, la porte donnant sur l'entrée, brune, servie par une poignée ronde en bois, mal pratique, un buffet plus bas qu'il ne me paraissait lorsque j'étais enfant, deux portes fermées par un bouton de verre, on y serrait la vaisselle ordinaire et les torchons, un tiroir rempli de jeux de cartes et d'une boîte de dominos dont ma grand-mère raffolait, elle claquait le double six comme une estocade de matador. Sur le buffet, une lourde vasque pleine de balles, de billes et de cordes à sauter, au mur un losange matelassé où l'on piquait les aiguilles. Au plafond, une suspension et son œuf de porcelaine plein de sable pour équilibrer l'abat-jour de verre dentelé et son ampoule à la lumière jaunie.

Dans l'angle du mur entre la cuisine et la gare, un placard d'angle, fermé d'une porte qu'on eût dite palière, abritait les ustensiles de cuisine et les liquides, huile, vinaigre, vin, l'eau du lavoir, et dans une bouteille de bière en verre brun que bouchait un capuchon de porcelaine, sauterelle de métal et joint de caoutchouc, on fabriquait du lithiné. Une assiette et son carré de beurre, un jambon dans son torchon. Du temps d'Arthur, ce placard était un champ de bataille. Arthur ne s'entendait pas avec sa tante, ma grand-mère, tous deux, accablés par la pingrerie et la suspicion, ne partageaient plus rien, toutes les bouteilles étaient en double et chacun marquait d'un trait de crayon la hauteur de sa dépense tout en puisant à la volée dans les flacons de l'autre. Lorsque nous étions là, Arthur jouait le joli cœur et, une fois par an, nous régalait de sa seule spécialité culinaire, une omelette flambée au rhum qui manquait chaque fois d'enflammer sa casquette. Pendant que ma grand-mère surveillait le niveau de son huile, il dévalisait le grenier et vidait le garage.

De l'autre côté de la porte de la gare, une armoire de mariage où ranger l'épicerie, sucre, café, conserves, les verres et les couverts dans les tiroirs. Ma grand-mère gardait tous les emballages, bien moins nombreux qu'aujourd'hui. On achetait en vrac. Dans les paquets de sucre en morceaux, qu'elle pliait à sa façon, elle nous fabriquait des porte-monnaie, et elle doublait les sachets de café en papier métallisé pour s'en servir de gants isothermes à la sortie du four, et ne s'en servait pas. Sans quitter sa place, à la pointe de son couteau, elle présentait au feu des tartines de pain qui dansaient devant les braises en roussissant. Lorsqu'elle nous les offrait, elle y découpait la croûte en bouchées dont on n'avait plus qu'à arracher les encoches jusqu'à la mie.

Elle quittait sa cuisine, l'après-midi, et allait se poster dans la gare, sur un fauteuil d'osier, le haut de la porte fermière ouverte sur la rue, à surveiller son monde, avec la compétence de celle qui fut longtemps concierge dans la capitale. Deux fois par semaine passait la « petite naine » et sa brouette d'enfant, verte, à sa taille, avec un faitout fumant de pieds de porc ou de veau qu'elle ramassait à l'abattoir et faisait bouillir pour toute la commune. Les autres jours, la petite naine gardait des enfants plus petits qu'elle jusqu'à ce qu'ils atteignent sa taille (cela arrivait vite), ensuite elle ne pouvait plus les supporter. Personne ne l'appelait autrement que la petite naine, elle avait un nom, Marie Marridat, et exerçait en haut de la rue de la Barre le métier de couturière, dans une maison trop haute pour elle. Son frère était coiffeur près de chez Déluchat. Il a parfois coupé mes cheveux d'écolier. Entre deux clients, il marquait une pause en jouant dans son échoppe un air de violon. Mais nous allions plutôt chez Albert Joyeux en face de chez Barret, un autre cousin, peut-être germain, il fumait comme un pompier dont il était capitaine.

Dans le bas de l'armoire de la cuisine, on remisait le jour les briques qui réchauffaient les lits de la nuit. On les mettait au four pendant la veillée (belote et rebelote, on comptait les points au dos d'un kilo de sucre), ma grand-mère les en sortait comme des miches trop cuites, de ses mains nues et nouées. Elle jouait pour gagner, comptant sur sa surdité affichée pour de petites tricheries, et filait se coucher de mauvaise humeur sans finir la partie dès qu'elle se voyait perdre. Sa chambre était juste au-dessus. Elle y monta seule par l'escalier droit presque jusqu'à sa mort, s'aidant d'une seule rampe, l'autre main serrée contre la brique brûlante. Vers la fin, nous lui montions sa brique qu'elle feignait d'oublier pour avoir les deux mains libres. Il nous est arrivé, avec mon frère Paul, les dernières semaines, de l'asseoir sur une chaise et de la hisser à l'étage quand elle ne pesait rien.

15

LA CHAMBRE DE LA GRAND-MÈRE

A main droite, en haut de l'escalier. La fenêtre donne sur la cime de l'if qui assombrit la cuisine. Comme la chambre des grands-parents, cette pièce n'existait pas lors de l'achat de la maison. Le parquet est celui de l'ancien grenier, sombre, gras et craquant, vaguement horizontal, il semble couler vers l'aval de la croisée, il est jonché de deux descentes de lit gansées. Quoique double, le lit est étroit, et court. J'y dors lorsque je suis seul à Dun. Deux tables de nuit dépareillées, lampes de chevet, l'une en forme de champignon de verre dépoli, l'autre en opaline verte. Une armoire à trois portes, en biais entre le lit et la fenêtre, pleine de draps et de sachets de lavande dans sa partie centrale et de secrets sous clé sur les côtés, un fauteuil de bridge en cuir, et, face au lit, un miroir biseauté encadré de faux or, flanqué de quatre cadres (ruban de mitrailleuse) avec les portraits posés, chez un photographe de Nevers, de notre fratrie, trois ou quatre clichés par enfant. J'y suis habillé en fille, une coque de cheveux permanentés, un livre entre les mains, j'ai dix-huit mois et l'air d'un blond que je ne fus jamais. Entre le cadre et la vitre on a ajouté une autre photo, j'ai cinq ans, je suis à l'école à Dun, le cheveu brun aplati et sillonné par les dents d'un peigne mouillé, l'air trompeur d'un enfant sage.

Sous cette iconostase il y eut longtemps une table en tube d'acier peint de bleu, au plateau de verre couleur de nuit mouchetée d'étoiles, meuble appareillé à deux chaises et un fauteuil du même métal, les assises de corde tressée peintes du même bleu, disséminés dans les autres pièces de la maison, cet ensemble constituait le mobilier de jeune homme de mon père, cette chambre dite « de la grand-mère » fut la sienne jusqu'à son mariage. La table a été remplacée par un lit d'enfant sur roulettes qu'il avait fabriqué, un lit bleu ciel en bois plein dont les bords portent la trace des lourdes morsures de mes dents de lait.

La chambre est dotée d'un petit cabinet de toilette dans le chevêtre de l'escalier, un bidet de tôle émaillée dans son support métallique et un lavabo qui ne fut alimenté en eau que très récemment (ma grand-mère n'en eut jamais l'usage, elle y montait un broc). Je n'ai jamais su si ma grand-mère se lavait. Elle ne se rendait que très rarement aux toilettes donnant sur le jardin vieux derrière le hangar, une cuvette à la turque et des carrés de journal pendus à un clou contre la brique. Elle utilisait un seau qui n'avait d'hygiénique que le nom, en émail bleu écaillé à couvercle sonore au milieu de sa chambre. Ma grand-mère sentait bon la grand-mère, sa chambre est encore nimbée de ce parfum particulier dont le souvenir m'imprègne. Du temps d'Arthur, j'aimais la rejoindre dans son sommeil et me couler contre elle à l'abri de mon vieux cousin indifférent et du monstre gluant. Je n'aimais pas me coucher avant elle dans son lit, j'avais peur de la voir nue.

Mon expérience de la mort est entièrement concentrée dans le souvenir que j'ai de l'odeur de ma grand-mère. Elle était si vieille que personne ne se privait de penser, voire de dire, qu'il serait naturel qu'elle meure la première afin de rassurer son monde sur l'ordre des choses. En attendant, je ne m'impatientais pas, reniflais mes chagrins dans ses jupes revêches, elles exhalaient une émanation composée, fanée et active à la fois, qu'on prêtait à la mort dont on parlait si facilement autour d'elle.

Même à l'autre bout du monde, les yeux fermés, lorsque la mort me prend, je peux refaire l'inventaire du lieu, des objets les moins odorifères, comme cette opaline de chevet blanchâtre où l'on avait peint en guise d'abat-jour des tentures d'un bleu sale alourdies de glands maladroits en trompe l'œil, lampe si hermétique que l'on doutait de pouvoir l'ouvrir pour en changer l'ampoule. Il y pendait au bout d'un câble tressé un interrupteur de bakélite en forme de poire patinée dont la queue-poussoir de guingois jouait sur un ressort grinçant. Cet inventaire, reconstitué comme une litanie sous l'encens en vertu de Dieu sait quel frottement des neurones, provoque et rassure en moi immanquablement ce parfum de mort que par pudeur ou gaminerie je nommais in petto « l'odeur de mémé d'Dun ».

Je revois cette grande boîte en tôle peinte de pastilles Vichy, elle semblait inépuisable. Ma grand-mère y puisait sans désemparer ces petits volumes réguliers, telles des plaques de Méta, parallélépipèdes aux coins coupés, décaèdres où se lisait en relief le nom de la station thermale, blancs comme des craies, ils ne salissaient pas les doigts et déposaient très peu de leur farine au fond de la boîte. Mémé d'Dun avait réussi à ce qu'on serve à ces pastilles le respect dû aux médicaments.

Les remèdes, les vrais, poissaient définitivement dans des fioles presque vides sur l'acajou de la table de nuit. Elle ne se soignait pas, mais il eût été indécent à son âge de n'avoir pas quelque ordonnance en cours à trahir en cachette et deux ou trois flacons à renverser lorsque la main engourdie de rêves et de rhumatismes cherche l'interrupteur à tâtons au milieu de la nuit. Mémé d'Dun dormait dans une combinaison de soie rose à dentelles. Elle avait l'habitude, avant de s'enfiler sous les draps, l'orteil en quête de sa brique bouillotte, de donner quelques coups de scalpel de finition à l'un ou l'autre de ses œils-de-perdrix, presque aussi vieux qu'elle, aussi myopes, et qu'elle maudissait avec tendresse. Puis elle relevait la combinaison sur le bas de ses cuisses et massait ses genoux pointus de toute la vigueur de ses mains nouées. A les briser.

Parfois, malgré tout, je me couchais le premier dans son lit, j'attendais cette cérémonie mais redoutais comme le pire des cauchemars que ma grand-mère retroussât trop haut sa combinaison jusqu'à une intimité où j'imaginais, pour avoir un jour entrevu ce que je n'avais pas su voir, pendre des bouts de chair et de tissu, des ganglions, des reliquats sanguinolents de martyr, des bulles de métal ou de verre, des organes fragiles, inconnus des vivants et prêts à éclater au moindre faux mouvement. Ils explosaient au ralenti · dès qu'enfant je glissais dans l’orée de mon premier sommeil, je m’accrochais au coin de l’édre don, le mordais pour ne pas dormir.

Le parfum de la mort loge là, entre les cuisses d’une grand-mère acariâtre. Elle est morte à l’automne 1968, elle avait presque cent ans. Mon père avait acheté une Fiat 1500 longue, avec lui et mon frère aîné nous vînmes depuis Paris l’enterrer au cimetière de Sagnat. Pour la première fois mon père se laissa conduire. Pendant le trajet nous n’avons parlé de rien qui pût attiser le chagrin Du passage à niveau à la sortie d’Aigurande, s’il serait ouvert ou fermé, des risques de verglas au pont de la petite Creuse, c’est un peu tôt dans la saison, de faire le plein chez Poulteau, de n’aller pas trop vite, on a bien le temps. On ne sait pas trop quoi dire à un orphelin de soixante-six ans, inconsolable.

Voilà, je suis fatigué maintenant, je n’ai rien dit du bureau ni de sa porte condamnée sur la rue, aux persiennes closes, rien de la chambre de la Stella, rien du hangar, de la volière, ni de la basse-cour. Le temps presse. Le temps oppresse.

16

L'HÔPITAL DE NEVERS

J'ai écrit plus haut que notre père ne nous ressemblait pas. C'est inexact. Aujourd'hui que j'ai l'âge qu'il avait quand je l'ai connu, je vois ses mains en regardant les miennes, certes plus courtes et moins fortes, parcourues de rides comme un filet de toiles d'araignée, les ongles moins solides, aux lunules moins bien dessinées, mais ce sont ses mains. Je vois ses jambes blanches, glabres, solides, aux grains de beauté rouge vif, qu'il ne montrait guère, sinon pour faucher la Couletterie en août, ou lorsqu'il descendait pisser la nuit dans sa chemise de nuit à liseré rouge, je vois ses jambes lorsque je regarde les miennes.

J'ai dit n'avoir jamais douté, comme on le fait souvent adolescent pour s'effrayer ou pimenter le mystère des origines, que mon père fût mon père, et celui de ma fratrie entière. Je réservais probablement cette question pour un secret plus patent, plus caché et qui avait brisé la génération précédente. Que nous ne nous ressemblions pas n'a pas ébranlé ma certitude tranquille que nous sommes les enfants de mon père, assurance que je ne soumis d'ailleurs jamais à la moindre interrogation. Au contraire, cette absence de ressemblance me permit de l'admirer alors que je ne m'aimais pas. Pourtant, bien avant que mes mains et mes jambes viennent le rappeler à mon tendre souvenir, vingt ans plus tôt, j'eus la confirmation (que je ne cherchais pas), la confirmation intime de ce dont je ne doutais pas.

Mon père finit par attraper, je ne sais pas si ça s'attrape, un cancer de la prostate qu'on ne nomma pas et dont il guérit, il avait plus de quatre-vingts ans. Je le visitai à l'hôpital de Nevers, il avait l'air d'un colosse parmi les malades du service, il portait une chemise de nuit d'opéré de frais, un plastron plutôt qui laisse le dos nu et qu'on peut changer sans lever le patient. Il se promenait dans les couloirs sans y prendre garde et s'en abstint dès qu'il comprit qu'il exposait ses fesses à l'air. J'eus le temps d'apercevoir la sonde qui traversait son sexe, et son sexe que je n'avais jamais vu. Mon sexe, son exacte réplique, bien plus que mes mains ou mes jambes. Ce père grand et blond aux yeux bleus avait donné son sexe à un fils brun et lourd qui tenait disait-on du côté de maman. C'est par le sexe que sa paternité s'est transmise, oui, bien sûr, c'est par cette chair pendante que nous sommes père et fils.

Le drain qui en dépassait avait l'air de ce morceau de tuyau de lave-glace de 4L Renault que j'avais placé quinze ans plus tôt dans le ventre d'une femme qui portait de moi un enfant que nous ne voulions pas, sonde introduite sous conseil médical, dans des conditions déplorables et pourtant salubres au regard des boucheries que nos contemporaines ont subies avant la loi qui permit qu'on avorte. Nous étions convenus, avec le médecin qui nous aida, qu'à la première alerte d'hémorragie l'hôpital le plus proche nous accueillerait pour traiter comme il se devait cette fausse couche provoquée, provocation dont les urgences ne sauraient rien. Mon amie perdit son sang assez vite, comme nous l'attendions. Nous avons retiré la sonde et nous sommes présentés de nuit à l'hôpital de Nevers qui était ce jour-là l'hôpital le plus proche, celui-là même où je devais longtemps après reconnaître le sexe de mon père comme étant le frère du mien : on nous a insultés, fichus à la porte, fermée à clé derrière nous, et éteint les lumières sans nous donner la moindre explication, sans même nous demander pourquoi elle saignait, comme des pestiférés, des mauvais chrétiens en état de péché mortel, sans le moindre secours. Les lieux sont immuables.

Sur ses vieux jours, mon père est devenu fou et je n'en ai rien su. Je n'en sais toujours pas grand-chose : pour nous épargner, ma mère ne nous en a rien dit, ou si peu. Depuis bien des années il prenait des cachets, de ces cachets que l'on donne à ceux qui doivent se calmer, calmer des angoisses et trouver le sommeil. Je savais cela mais n'ai jamais eu la curiosité de lire les boîtes, d'interroger des compétences. Des rouges des bleus des blancs qu'il rassemblait au creux de sa main et jetait cul sec au fond de sa gorge en râlant que ça ne servait à rien. Outre qu'on ne jugeait pas de la nécessité de ces soins, nous voyions assez peu mes parents depuis 1967, quand ils prirent leur retraite dans la Nièvre, au Riot, dans la maison d'enfance de ma mère. Nous nous y rendions pour des visites de quelques jours, des séjours assez courts pour que mon père s'y tienne à carreau, s'y montre aimable, blagueur et absent. Le fait qu'il fût soigné par notre cousin, un psychiatre bourbonnais qui croit du mieux qu'il peut aux vertus thérapeutiques de la chimie, ne nous alerta pas.

Je sus seulement qu'un jour ma mère fit venir d'urgence de Paris mon frère aîné, le seul d'entre nous qui effectua son service militaire, afin qu'il neutralise deux armes de poing dont j'ignorais l'existence dans la maison, et que mon père menaçait de remettre en service, le service en question visant principalement ma mère et une ombre qu'il croyait entendre vivre au grenier. Je n'appris ces détails qu'après sa mort. Cet homme si calme et rêveur, dont l'activité principale était d'observer les oiseaux au travers des vitres de la cuisine les mains accrochées dans son dos, cet homme que j'avais souvent vu se noyer dans des colères hystériques dont je croyais être l'unique responsable, était en proie à des accès violents de paranoïa. Lorsqu'il était seul avec ma mère, il la soupçonnait de tout, et en particulier d'entretenir une relation coupable avec un homme reclus dans son propre grenier. Il guettait les pas imaginaires de son rival entre les solives du salon et rêvait de le canarder à travers le plafond. Quand j'appris cette histoire, je revis mon père dans la force de l'âge, avec Monsieur Roussin dans les bras, qu'il venait de dépendre, désemparé, je ne saurais dire pourquoi. Il joua bien d'autres tours à ma mère que personne ne m'a dits. Par amour, elle se tait sur ces pénibles dernières années. Aujourd'hui, quinze ans après sa mort, il lui manque comme un amoureux du premier jour, elle le vénère, accroche à son décor le moindre souvenir et ne manque pour rien au monde, elle qui ne marche plus guère, d'aller fleurir sa tombe, où une place l'attend, dans le petit cimetière de Sagnat, à deux cents kilomètres de chez elle.

Mon père est mort le 5 janvier 1990, à l'hôpital de Corbeil-Essonnes près du domicile de mon frère aîné. Ma belle-sœur, infirmière, qui l'accompagna dans ses derniers instants, est persuadée qu'on l'a laissé mourir, parle même d'erreur médicale. Il avait quatre-vingt-sept ans, nous n'avons pas cherché à en savoir plus. J'appris sa mort près de Toulouse où j'habitais, par un coup de téléphone de mon petit frère. Je ne l'avais pas souvent appelé papa, nous ne nous sommes guère embrassés, nous nous serrions la main comme des copains de régiment, nous disions « le père », « la mère » pour s'interpeller en famille.

Ma sœur et moi accompagnâmes la mère pour la levée du corps à la morgue de l'hôpital. On l'avait rasé de frais, maquillé un peu et habillé d'un polo vert et d'un blouson de Tergal. Au moment de visser le cercueil, on nous fit sortir et sur le pas de la porte on entendit des rires et le bourdonnement d'une visseuse électrique.

17

LE CIMETIÈRE DE SAGNAT

Nous avons embarqué dans un Espace Renault aux couleurs des pompes funèbres, j'étais devant à côté du chauffeur (que dans les corbillards on évite d'appeler la place du mort), ma sœur et ma mère l'une derrière l'autre le long du cercueil couvert de fleurs. Nous n'avons guère parlé, sinon pour indiquer le chemin, ma mère s'est endormie et j'étais obsédé par l'idée qu'une odeur de mort sourde dans l'habitacle par les interstices de la bière et ceux de la carrosserie spéciale qui l'isolait de nos sièges. Je finis par retrouver le souvenir de l'odeur de ma grand-mère, sale et sucrée, si sucrée qu'on lui pardonnait d'être sale. Nous nous rendîmes directement sur le parvis de l'église, le long de l'hospice que l'on sait, déposâmes le cercueil pour libérer la voiture, une autre plus locale, une Estafette de la même marque attendait pour Sagnat.

Mon petit frère Régis était déjà là, parlementant avec le curé pour tenter de retarder la cérémonie. Paul, mon frère aîné, avait téléphoné. Il était en panne à Châteauroux, avec femme et enfants, d'une voiture rouge, aux rapports courts, qui ne tenait pas ses promesses. J'avais accepté, contre toute conviction, de lire un texte bref pendant la messe du défunt, comme mes frères et sœur moins mécréants que moi. A ma connaissance, mon père ne croyait pas en Dieu. Dieu seul le sait. Nous nous relayions dans la maison de Dunet pour y espérer un coup de téléphone de Paul, nous ne connaissions pas les portables. Paul ne vint pas. Le curé s'impatienta, la messe fut dite et je ne me rappelle pas un mot des versets que j'y lus. Le curé lança sur un vieil électrophone crachoteur un requiem qu'avait choisi je suppose la plus jeune de mes belles-sœurs au prétexte que danseuse elle connaissait la musique, et nous voilà partis pour Sagnat. Toujours pas de Paul.

A Sagnat, quelques voitures étaient rangées le long du mur du Theuil, les graviers firent crisser les pneus de l'Estafette. Un cantonnier avait ouvert la tombe, il attendait, le coude replié sur le manche de la pelle, l'ordre de la refermer sur les anciens occupants, Maurice Harang, Marie Adèle Harang née Quisserne, et le nouvel arrivé, Roger Harang, lui aussi né Quisserne. Je ne connaissais pas grand monde dans la petite foule qui nous accompagnait, des gens de Dun, de Sagnat, de la famille, d'autres Quisserne probablement, des Coudoin, des Théron, des Adam, des Vacher, des gens dont les noms m'auraient dit quelque chose, auxquels trente ou quarante ans plus tôt j'avais fait signer des bordereaux de livraison, mais qui ne se nommaient pas. Je reconnus René Marsaud, le cousin de mon père, ses enfants et petits-enfants. J'avais repéré sa voiture le long d'une haie, reconnaissable au fait qu'elle avait été grêlée, couverte de petits creux comme ces assiettes où l'on ménage des concavités pour asseoir les escargots. L'assurance n'avait rien voulu savoir, et René s'entêtait dix ans après la grêle à n'en pas changer. Il avait été policier, de faction au Sénat, avait connu Mitterrand, et longtemps été maire de Maison-Feyne, une petite commune du canton de Dun. Et Paul qui ne venait pas.

Ma mère pleurait, bien sûr, dignement, bien sûr, je lui tenais le bras, elle exprimait surtout son chagrin pour Paul et me glissa : « Il va être tellement malheureux, tu sais son papa comptait beaucoup pour lui. » Je l'ai mal pris. Voulait-elle dire que pour moi il ne comptait pas ?

Ma mère. Tombé d'elle un matin dans des circonstances que j'imagine douloureuses, des circonstances de deuil, de séparation, l'amputation du corps de l'autre, l'autre expectoré. Elle devait faire semblant de savoir puisque je n'étais pas son premier. Elle avait eu un fils, quatre ans plus tôt, ce Paul qu'on attendait encore et que j'aime comme un frère, un fils qu'elle avait donné au monde, donné à son mari, elle avait épousé son chef de service, de quinze ans son aîné, et lui avait donné un fils qui lui ressemblait, un fils fait pour lui ressembler, un grand blond aux yeux bleus, un fils ressemblant pour le délivrer, lui, le père, de n'avoir eu personne à qui ressembler, un fils poussé sur terre avec précaution, dans un hôpital de préfecture, dans un temps où pourtant il était permis et meilleur marché d'accoucher chez soi. Mais lui, le ressemblant qui ne lui ressemblait guère, avait eu ces égards, par précaution, par peur aussi, on n'apprend pas le métier de parturiente, il n'y a pas de brouillon viable, le trac tragique malgré toutes les raisons qu'on a de savoir qu'on est soi-même passé par là, dans le rôle de l'autre, déchiré compressé, sucé par la porte étroite. L'aîné avait eu ces égards, la chambre stérile, les infirmières, la sage-femme, et ce droit de fumer dans les couloirs alors accordé aux pères, et aujourd'hui disparu. La garantie administrative que tous survivront, qu'on aura tout tenté, rien à se reprocher. Et ce devoir de faire de cette douleur un événement supposé heureux, mettre au monde des morts qui marchent.

Ils avaient tous deux donné naissance à un aîné ressemblant, un aîné légitime, né tous registres ouverts, de parents connus, mariés, respectés, les anneaux d'or luisant aux doigts, le buis séchant dans le crucifix, la goutte de sang vierge qui fait du drap un ostensoir. Afin que ce fils ressemblant ne ressemble en rien à ses parents, parents mal nés de père inconnu pour lui, inconnu de lui, et elle de mère frigide, de mère constipée de la procréation, qui enfanta tous les dix-sept ans, sans que personne voulût croire qu'elle cédât jamais à son mari meurtri, absent, relégué, oublié, sec. L'aîné ressemblant constitue à jamais la page de garde du livre d'or, du livret de famille, de caisse d'épargne.

Je fus jeté sur terre dans la salle à manger de la maison du Riot, pendant que le ressemblant, les boucles blondes légères au vent léger, empêtré comme on s'y mouche dans le pantalon à pinces de notre père qui lui construisait une brouette à sa taille dans le garage, en attendant que naissance se passe. Que ma naissance se passe. Sans attendre que j'y laisse la vie. Mais l'idée était dans l'air. Je naissais étouffé. A ce jour j'ai survécu à tout, à cette mort construite, promise dès le premier jour, tentée, ten tante dès le premier jour, depuis j'ai toujours tenu l'autre promesse, celle faite à soi-même, la promesse de ne jamais mourir, la seule que je tienne encore à ce jour Je m'y tiendrai.

J'aurais aimé aimer ma mère, et je prenais comme un fou un coup de sang dans son cimetière. Je fêtais mal in petto son premier jour de veuve. Pourquoi prendre sagement la direction de la mort, que le bras tendu, détendu, comateux de la parturiente vous intime, comme il vous désignera plus tard la voie de la pension ?

« Ton père comptait beaucoup pour lui. » Pour lui le frère ressemblant, pour le seul d'entre nous qui avait été pendant quatre ans leur fils unique. Lorsque tout fut terminé, les cordes passées dans les poignées du cercueil, la descente sous l'ordre d'un regard ou d'un coup de menton, et le mouvement discret de balance pour l'envoyer d'un geste cogner à la paroi de la fosse, les cordes remontées, les poignées de terre échappées au-dessus du trou, les fleurs effeuillées, la dalle poussée en couvercle à l'aide d'une barre à mine, quand nous eûmes reçu en rang d'oignons des condoléances éplorées, gênées ou souriantes, que les rangs se défirent, et les mines compassées de mots appris passées à de plus joyeuses confidences, une voiture rouge pila devant la grille, mon frère en descendit, s'approcha de la tombe et nous de lui. Nous ne savions quoi dire. Il comprit que tout était fini et se retourna vomir longuement contre le mur du cimetière.

Tout n'était pas fini. Je ne sais pas qui fit le premier pas, dit le premier mot, je voudrais que ce fût moi mais je ne crois pas. Dans cette petite foule défaite dont il ne restait que des proches et ceux qui devaient partager notre joyeux dîner de deuil (il fut joyeux), bien sûr nous entourâmes notre mère, comme on doit le faire en ces circonstances, et l'un de nous lui dit que maintenant que le père était mort elle pouvait bien nous dire le secret, nous dire que Maurice Harang n'était pas le père de notre père, et nous dire le nom de celui qui l'appela au monde. La mère ne se braqua pas, elle nous avoua calmement qu'elle n'en savait rien, comme nous elle avait compris ces choses mais n'en avait jamais demandé plus, le père ne voulait pas. Elle était soudain dans notre camp. Nous lui fîmes remarquer qu'autour de nous des gens savaient, que ces mémoires vivantes s'approchaient de la tombe. Sans hésiter, elle nous dit qu'elle allait interroger René Marsaud. Elle alla vers lui, ils restèrent peu de temps à parler et elle revint à nous, déterminée. René lui avait répondu. Elle précisa qu'il avait dit : « A toi je te le dis puisque tu me le demandes, mais à tes enfants j'aurais dit que cela ne les regardait pas. »

Le père de mon père était le médecin de Dun, un certain docteur Goigoux dont nous n'avions jamais entendu le nom. Il était également le père de Marcelle, ma marraine, la sœur plus qu'aînée de mon père. Le docteur avait femme et enfants au bourg. N'avait jamais abandonné ma grand-mère, ni ses enfants, leur prodiguant autant que sa situation le permettait aide et soins, jusqu'à ce qu'elle se marie. Allez savoir.

Le lendemain, j'ai parcouru le cimetière de Dun, tombe après tombe, en déchiffrant le nom des morts. Pas le moindre Goigoux. Il doit être inhumé ailleurs, peut-être à Sagnat. Peu d'années après, René Marsaud est mort, nous ne sommes pas allés à son enterrement

18

LA CHAMBRE DE LA STELLA

Le soir de l'enterrement, j'ai dormi dans la chambre de la Stella. On donnait cette chambre en dernier, lorsque toutes les autres étaient occupées. La pièce m'a toujours paru mystérieuse, peut-être à cause de son nom, cette Stella dont nous ne savions rien, nous ne connaissions pas de Stella. Probablement une lointaine cousine dont les flopées encombrent toutes les familles, ou bien une habituée du lieu du temps où la chambre était louée. La seule pièce de l'étage équipée d'un lavabo alimenté en eau (nous ne l'utilisions pas pour cause de fuite de tuyauterie), une cuvette de faïence posée sur un meuble brun près de la fenêtre. Une énorme armoire remplie de couvertures et d'édredons occupe tout le mur mitoyen de la montée du grenier, en face une cheminée au manteau de bois abrite le vieux poêle Godin qui nous chauffait de ses crottes de charbon avenue de la Grande-Armée. Il n'a jamais été complètement déballé, toujours ficelé, un vieux journal mordu entre le corps et le couvercle afin qu'il ne vibre pas lors du déménagement. Sur la cheminée quelques bibelots poussiéreux et de mauvais goût, dont une corne à chaussures et son gland de coton, au-dessus un miroir encadré par le grand-père, façon bambou. La chambre est petite, chargée en meubles, puisqu'elle ne sert pas, le lit vient emplir tout l'espace restant. Un lit de bois blanc, verni et sculpté en pointes de diamant, la tête en temple grec, ornée d'un œuf pendu, ou d'un gland, il servit naguère à mes grands-parents lorsqu'ils dormaient au rez-de-chaussée dans le bureau.

Je me souviens qu'enfants la chambre de la Stella nous était interdite, pour des raisons fluctuantes et mal avouées : le mauvais air qu'on y respirait puisqu'on ne l'ouvrait jamais, les souris qui habitaient l'armoire, ou certaines choses qu'on y voyait et qui n'avaient pas à être vues. Si bien que lors de nos parties de cache-cache elle était très visitée, l'interdit nous y garantissant une extraterritorialité quasi helvétique. Nous tentâmes bien sûr d'y découvrir ce qu'on nous cachait, le bas de l'armoire sous les édredons regorgeait de documents dont la lecture ne nous intéressa guère. Les plus grands Muller étaient là, debout à même le sol, nous les basculions un peu pour les voir au risque de nous faire écraser, ils ne cachaient que des paysages, les mêmes, en plus dilués, que ceux qui étaient au mur. En grandissant nous finîmes par décider qu'on nous tenait éloignés de la Stella à cause de la gravure coquine accrochée au-dessus du lit. L'image, très douce, n'est pas à la hauteur de l'interdit, mais dans mon esprit, et peut-être aussi celui de mes frères, c'est la Stella elle-même, dont nous ne savions rien, qui par ce truchement devint une gourgandine.

Mon père possédait une autre gravure grivoise dans la maison de la Nièvre, également mise sous verre par mon grand-père de Dun, dont il nous cacha le sens jusqu'à ce que nous puissions en lire nous-mêmes la légende, placée trop haut et écrite tout petit. On y voit une vieille dépanneuse automobile soulevant par son crochet arrière une voiture en panne (l'une au moins des deux est rouge) dans une rue bordée de trottoirs. Sur l'un d'eux un chien s'adresse à une chienne en regardant la scène et dit : « Oh ! Dick, une idée ! » Mon père n'était pas grivois mais assez rieur, et lorsque ses enfants, dans l'ordre de leur âge, l'un après l'autre, comprirent l'allusion finaude, il n'en fut pas peu fier.

Le soir de l'enterrement de mon père, j'ai dormi dans la chambre de la Stella, sous la gravure coquine. Chromo gracieux aux couleurs pastel, il représente une jeune fille pétulante de santé, allongée sur son lit. D'un air malicieux, elle remonte sa nuisette au-dessus de ses seins. Un homme âgé et binoclard, une sacoche de cuir posée sur le chevet, s'apprête joyeusement à poser sa joue sur le ventre de la fille.

Mon père était mort et enterré de frais, nous venions d'apprendre assez facilement, mais bien tard, que son père naturel était le docteur Goigoux, nous avions dîné et bu en famille, nous étions fébriles et apaisés. La gravure interdite de l'enfance veillait sur mes rêves avec ce titre que je n'avais jamais retenu auparavant : « La visite du docteur ».

19

DUN-LE-PALLETEAU

Dix ans plus tard, à l'automne 2000, Paul Poulteau publia aux Éditions du Petit Marchois une monographie, *Dun-le-Palestel cité creusoise*, que j'achetai dès que j'en eus connaissance chez l'antiquaire de Dun, un Anglais jovial du nom de Johnson, qui tient boutique dans l'ancien magasin Pezant. Etrange destin de voir ce bâtiment qui fut longtemps le plus moderne du bourg transformé en magasin d'antiquités. La façade de marbre gris (est-ce du marbre ?), ses larges baies aux coins coupés, offraient au chaland une vitrine sur deux étages, la partie haute en mezzanine exposait des mannequins en pied, habillés pour l'hiver. A l'intérieur, l'une des deux sœurs

Pezant tenait d'une main ferme une caisse cirée en travers du passage tandis que l'autre courait, caparaçonnée comme une cétoine, entre une myriade de tiroirs de mercerie dont chaque face portait en agrafe un échantillon du contenu. Le père Pezant faisait glisser sur l'avant-bras de sa blouse grise des coupons de tissu, qu'il roulait sur des planches serties de métal. Puis le père Pezant est mort et rien ne fut plus jamais comme avant. Pezant était un bon client de la gare.

Les Poulteau sont une grande famille dunoise, l'un d'entre eux tenait un garage et une pompe à essence place des Sabots, en face de chez Pezant, justement, et du restaurant Péronnet (où, après qu'il eut été transformé en pension de famille, Arthur finit d'user une R6 blanche et sa vie). Paul Poulteau, l'auteur du livre, Poulteau et dunois de père en fils, est, je crois, professeur de mathématiques près de Bordeaux, en tout cas l'était le jour où nous avons échangé sans esprit de suite quelques mots au téléphone après qu'il m'eut entendu évoquer le nom de Dun à la radio. Le livre, étayé par une impressionnante collection de cartes postales du lieu (qui viennent infirmer quelques souvenirs biaisés que j'ai pu rapporter), est une mine de précision et de nostalgie pour peu qu'on s'intéresse à Dun-le-Palestel, ce qui est une passion étroite. A la lumière de cet ouvrage, j'aurais pu rectifier bien des erreurs et augmenter monstrueusement ce qui précède des mille oublis qu'il réveilla.

Je ne l'ai utilisé que pour vérifier quelque orthographe, dire un mot de l'école privée (je la croyais déjà fermée lors de mon cours préparatoire avec Mademoiselle Navarre), et retrouver le vrai nom de l'hospice. Je m'y reporte une dernière fois pour dire comment la ville changea de nom, à l'initiative du pharmacien et notable Emile Genevoix (pour l'en remercier, la route de Guéret s'appelle désormais « route Emile-Genevoix ») :

> Dans le dossier adressé à la commission chargée d'examiner les demandes de notification de noms géographiques, il [Genevoix] expose l'histoire de Dun, précisant qu'au XIIe siècle le seigneur de Dun, du nom de Géraud, maria sa fille à un seigneur voisin, Roger

Palestel (ou Palastel) de Châteauclos [...]. Les raisons historiques et l'argumentation étaient sérieuses et approfondies, puisque, par arrêté du Conseil d'État du 26 décembre 1952, paru au *Journal officiel* le 29 décembre 1952, Dun troque son « Palleteau » en « Palestel », plus élégant et plus conforme à son histoire.

Emile Genevoix était poète. Il écrivit :

On l'appelait la Brézentine,
Ruisseau charmant dont mille fleurs,
Mêlant leurs ors et leurs couleurs,
Paraient la grâce serpentine.

(Son paletot non plus n'était pas idéal.) *Dun-le-Palestel, cité creusoise* est une somme de plus de deux cents pages dont deux me disent que je n'ai pas rêvé. Page 155, dans un tableau qui donne, à titre d'exemple pour quelques années choisies Dieu sait comment, les noms des secrétaires de mairie, gardes champêtres, préposés aux abattoirs, cantonniers communaux et cantonniers ruraux, on trouve à la ligne « garde champêtre », pour l'année 1939, le nom de mon grand-père, orthographié comme celui d'un poisson.

Page 69, on peut observer longtemps une photographie qu'on nous dit « publiée dans le *Courrier du Centre* du 27 octobre 1941 », vingt-neuf visages d'hommes engoncés dans leurs habits du dimanche, quelques-uns ont des bérets, l'un porte une casquette, un autre un chapeau mou, les autres sont tête nue. Je copie le début de la légende :

« Les anciens combattants posent devant les grilles de l'hôpital, avec le maire Marcel Nadeaud en 1941. De gauche à droite au premier rang : Ribeyraud ; Dr A. Goigoux ; Ducourtioux ; Nadeaud ; Guignabert (porte-drapeau) ; Jouany... »

Et j'ai là sous les yeux l'image de mon vrai grand-père, le visage de celui qui engrossa par deux fois, si l'on en croit les confidences du cousin René, et aima à sa façon, ma grand-mère paternelle. Voilà un homme qui se tient au premier rang, en deuxième position à partir de la gauche, et dont le texte m'apprend que son prénom commence par un A. Mon père avait trente-neuf ans lorsque la photo fut prise. Difficile de dire l'âge du médecin. On sait (si le cousin René n'a rien inventé) qu'il eut une fille de dix ans de plus, ma marraine, on a cru comprendre qu'il était déjà médecin lorsque ma grand-mère en fut enceinte. Le livre nous apprend qu'en 1911 il figurait comme docteur en médecine (avec ses confrères Riollet et Lemaigre) dans l'almanach du canton que publiait Henri Mazeret, le curé de Naillat. Tout cela que rien n'atteste vous fait naître un homme avant 1870, et lui donne plus de soixante-dix ans lorsqu'il pose avec ses compagnons de combat pour le photographe du *Courrier du Centre*.

Mon père et le docteur Goigoux se connaissaient. Peut-être mon père a-t-il toujours su que cet homme-là qui le soignait enfant (si l'on en croit toujours le cousin René) était son père. Peut-être pas. Lui, Goigoux, savait. Comment se comporte un homme de plus de soixante-dix ans avec un de trente-neuf qu'il sait être son fils ? Je ne sais pas.

Qu'importe, regardez-le, il ne vous regarde pas, il est sans âge, le seul ou presque des vingt-neuf à ne pas dévisager le photographe, il est ailleurs, la tête tournée sur sa droite vers le bord extérieur le plus proche. Il est absent quand tous les autres sourient à la postérité. Calme pourtant, les mains larges et lourdes accrochées légèrement l'une sur l'autre au pommeau d'une canne où il ne s'appuie pas, au contraire, il se tient si droit qu'on imagine que le pied de la canne, hors champ, ne fait qu'effleurer le sol. Son costume trois pièces dont on devine à peine le gilet a l'ampleur des gestes sûrs, une médaille au revers gauche, col sans pointe loin du cou où sa peau se relâche, cravate souple et étroite. Tous les autres (à l'exception de Jouany, le plus médaillé, en casquette et veste de chasse) semblent engoncés dans des habits du dimanche amidonnés à la naphtaline. Il a l'air d'un académicien de passage au milieu de paysans, et d'y être bien, sur le départ pourtant. Une barbiche, et peut-être une moustache empêche d'y reconnaître tout ce qu'on cherche malgré soi dans les traits qu'il nous offre. Tête nue, le front haut, sans le moindre soupçon de calvitie, le cheveu blanc et court brossé vers l'arrière. Les paupières lourdes reposent sur un regard que la mauvaise définition de l'image n'autorise qu'à supposer doux et scrutant avec application un horizon lointain où il se voit déjà. Sa pommette est tendue par le plissement de l'œil comme on regarde au travers de trop de lumière, la joue lisse et creusée entre la racine du nez et le menton, l'oreille ourlée et profonde.

C'est ainsi, dans cette posture ou à peu près, que mon père passa les dernières années de sa vie à observer les oiseaux qui venaient planter leur bec dans la tranche de lard qu'il accrochait pour eux au jardin. Je ne pourrai plus dire qu'il ne ressemblait à personne.

Avant de refermer un livre on y trouve parfois une page qui remercie tous ceux qui ont aidé à ce qu'il soit. A sa page 216, Paul Poulteau se dit l'obligé d'une petite centaine de noms, et une Alice Goigoux dont je ne sais rien.

Rien, sinon que j'ai peut-être retranché trop vite du chapitre où j'ai dit La Souterraine, le sixième (quand je fus impuissant à détruire le premier), ce paragraphe venu d'une confidence qui échappa naguère à ma mère, un jour qu'elle se défendait de m'en parler :

« C'est ici, dans cette gare de La Souterraine, peut-être pour la première et la dernière fois de sa vie, que mon père croisa le regard de sa demi-sœur qu'on lui avait cachée, qu'il n'avait jamais vue, qu'il en connût ou non l'existence, mais dont ma mère ignorait tout. Trois regards se mêlèrent, trois silences figés, une image arrêtée dans un temps autre, une image certaine tant ils se ressemblaient, elle et lui, d'une beauté étrangère en ce lieu de terreau, de petits râblés noirauds, ils étaient des anges, des princes norvégiens, vikings, grands, blonds, yeux bleus, ma mère pourtant altière se serait crue leur bonne, et fière de l'être tant elle aimait mon père. Une image arrêtée dans le temps de l'inconscient à la frontière du réel et du rêve, qu'il ne faut pas laisser s'installer, sinon le doigt de Dieu vous transforme en statue de sel (cela s'est déjà vu), ou bien alors on s'entre-tue. Mon père vivait seul, dans un monde vide, de douleur et de fantômes frôlés, il se taisait, le français qu'il parlait n'était d'aucun usage parmi ces ombres dolentes, pétrifié sur un secret, seul le silence permettait lentement à leur cœur de battre. »

TABLE

« Ce premier chapitre... » 11
1. La maison de Dun 23
2. La gare 27
3. L'école de Dun 37
4. Dunet 47
5. La chambre d'Arthur 59
6. La Souterraine 67
7. La salle à manger 81
8. La chambre des grands-parents 89
9. L'escalier 97
10. Le grenier 103
11. L'hospice de Dun 111
12. Sagnat 125
13. Sagnat (extrait) 139
14. La cuisine 145
15. La chambre de la grand-mère 153
16. L'hôpital de Nevers 161
17. Le cimetière de Sagnat 169
18. La chambre de la Stella 179
19. Dun-le-Palleteau 185

Cet ouvrage a été imprimé par

FIRMIN DIDOT

GROUPE CPI

Mesnil-sur-l'Estrée

pour le compte des Éditions Grasset
en mai 2006

Imprimé en France
Première édition, dépôt légal : janvier 2006
Nouveau tirage, dépôt légal : mai 2006
N° d'édition : 14411 - N° d'impression : 79796
ISBN : 2-246-58271-7